U0784177

山东文化体验廊道故事丛书·上编

大运河
历史文化故事
（二）

DAYUNHE LISHI
WENHUA GUSHI

总编纂　王志民
主　编　丁延峰

山东文艺出版社

图书在版编目（CIP）数据

大运河历史文化故事.二/丁延峰主编.—济南：山
东文艺出版社，2023.9

（山东文化体验廊道故事丛书）

ISBN 978-7-5329-6914-2

Ⅰ.①大… Ⅱ.①丁… Ⅲ.①历史故事—作品集—
中国 Ⅳ.①I247.8

中国国家版本馆CIP数据核字（2023）第106002号

大运河历史文化故事（二）
DAYUNHE LISHI WENHUA GUSHI

总编纂　王志民　　主编　丁延峰

主管单位　山东出版传媒股份有限公司
出版发行　山东文艺出版社
社　　址　山东省济南市英雄山路189号
邮　　编　250002
网　　址　www.sdwypress.com

读者服务　0531-82098776（总编室）
　　　　　0531-82098775（市场营销部）
电子邮箱　sdwy@sdpress.com.cn

印　　刷　山东临沂新华印刷物流集团有限责任公司
开　　本　880毫米×1230毫米　1/32
印　　张　6
字　　数　129千
版　　次　2023年9月第1版
印　　次　2023年9月第1次印刷
书　　号　ISBN 978-7-5329-6914-2
定　　价　59.00元

版权专有，侵权必究。如有图书质量问题，请与出版社联系调换。

前　言

　　党的二十大报告明确提出："坚守中华文化立场，提炼展示中华文明的精神标识和文化精髓，加快构建中国话语和中国叙事体系，讲好中国故事、传播好中国声音，展现可信、可爱、可敬的中国形象。"习近平总书记在文化传承发展座谈会上深刻指出，要在新起点上继续推动文化繁荣、建设文化强国、建设中华民族现代文明。编纂出版《山东文化体验廊道故事丛书》（以下简称《丛书》）是深入学习贯彻党的二十大精神和习近平总书记重要指示精神，贯彻落实山东省委、省政府关于打造文化"两创"新标杆部署要求的重要举措，是立足山东文化资源优势，以沿黄河、沿大运河、沿齐长城、沿黄渤海和沿胶济铁路等文化体验廊道为轴线，以各市文化体验廊道建设为着力点，撷取历史文化精华的大型普及性学术工程，是在新的历史起点上讲好山东故事、坚定文化自信、推动文化繁荣、促进文旅结合的重点文化项目。

　　山东，古称"齐鲁之邦"，是中华文明最重要的发源地之一。奔流的黄河由山东入海，齐鲁大地是黄河文明的核心区域之一。巍峨屹立的泰山，自古以来就是历代帝王封禅之地，是中国东方上层文化的活动中心，1987年被联合国教科文组织列为中国第一个世界文化、自然双重遗产。黄渤海环绕的山东半岛是全国最大的半岛，漫长海岸线形成了丰厚的海洋文化资源，一直是中国北方海上丝绸之路的重要门户。山东又是伟大思想家、教育家孔子和孟子的故乡，是儒家文化的发源地，是中国人乃至全球华人、华裔心中的"圣地"。在被称为中华文明"轴心时代"的春秋战国时期，齐鲁是中华文明的"重心"所在：诸子百家，多出齐鲁；儒墨显学，独领风骚。齐国故都临淄，是当时最大的工商业都城，被国际足联命名为"足球起源地"；这里诞生了中国历史上最早的大学堂——稷下学宫，是诸子百家争鸣的学术文化中心；齐长城西起济水，东到大海，蜿蜒于泰沂山脉，全长一千余里，是现存最早的有准确遗迹可考、保存状况较好的古代长城；被列为世界文化遗产名录的京杭大运河，纵贯山东南北，极大影响了元明清以来山东地区的经济文化发展，鲁西沿岸城市带的崛起，成为中国南北文化交流融合的运河明珠，见证了山东地区社会文化的隆替嬗变。近代以来，随着烟台、青岛等沿海城市的崛起和胶济铁路的修筑，山东成为中西文化交流、冲突、碰撞、融合的核心地区之一，收回青岛主权成为"五四"爱国运动的导火索。革命战争年代，山东党政军民用生命和鲜血凝聚而成的"党群同心、军民情深、水乳交融、生死与共"的"沂蒙精神"，是齐鲁优秀文化、伟大建党精神与中国共产党领导的人民革命英雄主义精神的集中体现，是对山东境内沂蒙、胶东、渤海、鲁西（冀鲁豫边区）

等抗日革命根据地红色文化、革命精神的集中凝练和概括，与延安精神、井冈山精神、西柏坡精神等一起成为中国共产党人精神谱系的重要组成部分。齐鲁文化在中华文明发展中的特殊地位，山东地区源远流长、丰富厚重的文化资源，坚定文化自信和自觉的历史责任担当是我们举全省之力编纂《丛书》的内在动力。

《丛书》以国家文化公园建设为引领，以落实文化"两创"、推动"两个结合"为宗旨，以推动全省及各市文化建设为目标，是具有权威性、故事性、可读性、趣味性的历史故事集成，是一套可携带、可利用、可转化的文化读本。《丛书》分为上、下两编，上编16本，围绕"四廊一线"文化体验廊道、八大文化传承发展片区展开。"四廊一线"构筑的沿黄河、沿大运河、沿齐长城、沿黄渤海、沿胶济铁路的文化交通线纵横交错，相互联系又各具特色，其特点是以脍炙人口的故事形式联通"四廊一线"的人物事迹、重点景区、遗址遗迹等，厚植文化体验廊道的思想内涵和文化底蕴。八大文化传承发展片区，既涵盖了沂蒙、渤海、鲁西、胶东四大红色文化片区，又吸收了泰山文化、儒学文化、齐文化作为重要支撑，演奏出山东历史文化、革命文化、社会主义先进文化的时代交响。下编16本，紧紧围绕各地市优势和特色展开，主要记述本地区历史故事、文化遗址与人文景观、非物质文化遗产等内容，是推动文化廊道落地、推进片区文化建设、增强文化认同、深化文旅体验的重要载体。

《丛书》由山东省委常委、宣传部部长白玉刚统筹谋划和指导，省委宣传部专门组建学术编纂委员会负责具体实施，省直各有关部门和各市委宣传部给予大力支持配合，省内相关高校、研究机构和各市有关单位共100余位专家学者积极参与，历经酝酿策划、启动实施、提纲设计、样稿研讨、通稿审稿、编辑出版等六个阶段。2022年以来，省委、省政府先后印发《关于打造中华优秀传统文化"两创"新标杆行动计划（2022—2025年）》《关于建设文化体验廊道推动文旅融合高质量发展的实施计划（2023—2025年）》，全方位挖掘展现山东人文沃土可以深度耕作的比较优势，为《丛书》编纂做好了思想、学术和组织准备。具体编纂过程中，省委宣传部专门印发《关于做好〈丛书〉编纂工作的指导意见》，统一思想认识，作出全面部署。编委会以线上线下形式，多次召开全体会议和分组专题会议，狠抓三个重要工作节点：**一是审定编撰提纲。**通过反复研讨、交流、修改、会审等形式逐一审定编写提纲，最大程度保证全书质量。**二是树立样稿典型。**集中力量撰写、反复研讨修改，确定分类样稿，做好典型导引。**三是全力做好通稿统审。**采用主编初审、各卷主编交流互审、学术专家主审、首席专家终审等层层把关、集中审查、反复修改的方式提高稿件质量。

回顾《丛书》编纂工作，始终注意把握好以下四个方面：**一是坚定文化自信。**通过挖掘历史资料、开发历史资源、恢复历史场景等形式，获取文化营养，坚定文化自信。**二是助推文化自觉。**通过传承弘扬优秀传统文化、红色文化、社会主义先进文化，深入挖掘历史先贤和革命先烈的伟大事迹，推动文化自觉，与培育践行社会主义核心价值观有机结合。**三是落实文**

化"两创"。精选真实历史故事，注重挖掘故事背后的文化内涵，推动齐鲁优秀传统文化在新时代创造性转化和创新性发展，推进文化自信自强。**四是服务文旅融合。**借助故事、景观、遗址、非遗讲解词、短视频等融媒体形式，让广大读者在区域文化旅游、廊道文化体验中感受中华文化的博大精深，增强民族自豪感和自信心。

在内容撰写上注重四个结合：**一是与廊道体验相结合。**突出廊道建设概念，以故事为纬线，以时代发展为轴线，通过富有魅力的故事讲述，展示历史人物、景观、史实，引领读者体验传统文化的恢宏气势和博大精深。**二是与景观建设相结合。**以真实动人的故事为景观建设提供重要的历史资源和文化依据，通过一个个精品景观建设展示历史故事的丰富内涵和当代价值。**三是与文物保护相结合。**通过讲述历史故事，让广大读者进一步了解相关文物、遗址的历史文化价值，提升文物保护意识，推动群众性文物保护工作再上新台阶。**四是与媒体利用相结合。**立足于故事转化，使故事成为各类媒体传播的重要基础、蓝本和素材，成为廊道文化、片区文化讲解、传播的重要学术依据和资料来源。

《丛书》的编纂出版，是普及、传播优秀传统文化，推动文化"两创"的新尝试。衷心希望广大读者通过阅读本书，吸收丰富文化营养，多提宝贵修改意见。

编者

2023 年 8 月

导　语

　　京杭大运河纵贯山东，是南北文化交流融汇的大通道。伴随着漕运的兴盛，德州、临清、济宁、张秋、台儿庄等一大批运河城镇发展兴盛起来，如同一颗颗闪亮的明珠，镶嵌在运河之畔，闪耀着迷人的光彩。运河两岸，齐鲁儿女世代在此繁衍生息，与大运河血脉相连，运河地名文化、商业文化、建筑文化、民俗文化，融合在河流沿线居民的生活习俗、传统节日、餐饮习惯、礼仪规制、戏曲文艺之中，形成了具有鲜明运河特色的中华优秀传统文化。

　　运河廊道是文化的廊道，丰富多彩的运河文化伴随着南北漕运的兴盛逐步发展起来，影响着两岸人民群众的生活。特别是河边发展起来的运河城镇，更是运河文化的富集区。数百年来，运河城镇融合和传承着运河文化，并将运河文化辐射到运河两岸，形成了点、线、面有机结合的运河文化带，对运河文化廊道的形成与延续起到了重要的推动作用。

　　《大运河历史文化故事（二）》全面记述了山东运河沿线名城名镇承载的丰富运河文化。山东运河最北部的德州因运河而兴盛，素有"九达天衢、神京门户"之美誉，呈现出了"通衢大邑"的繁盛景象；聊城位于黄河与大运河交汇之地，因水兴盛四百余年，曾有"舟楫如云、帆樯蔽日"的盛况，被誉为"江北水城"；泰安市东平县以戴村坝闻名于世，这里是山东运河的心脏，历史文化遗产颇为丰富；济宁以"江北小苏州"著称，集漕运、商贸、手工业和农产品加工、农业商品化于一体，吸纳了吴越、荆楚、齐鲁、燕赵文化特别是儒家文化的精髓，融合了秦晋文化及外来文化的特色，形成了具有多元性和兼容性的济宁运河文化；枣庄段运河的台庄闸是苏北至山东段运河第一闸，南来北往的船只寄泊于此，台儿庄遂发展成为傍水而筑、因河而兴的"水旱码头"，被誉为"天下第一庄"。除了这些运河名城，山东沿运各市之内，还保留着大量运河城镇。张秋镇、南阳镇等运河名镇的规模虽然不及济宁、临清等，但都承载着丰富的运河文化，成为运河文化廊道的重要节点。

运河名城名镇依运河而兴，至今还保留着不少著名的历史建筑和遗迹。这些名胜古迹有着鲜明的运河文化烙印，是集中展现运河文化的实物载体。德州的药王庙、聊城的山陕会馆、临清的钞关，显示着运河畅通带来的商业繁荣和物资流通，展现了运河商业文化的无穷活力。临清舍利塔、济宁清真东大寺、台儿庄天后宫则见证着运河人文交流碰撞的火花，体现出运河文化的多样与融合。这些建筑大多濒临运河而建，凭借精美的工艺、厚重的历史、鲜明的运河元素，成为辨识度很高的山东运河文化标记。

运河名城名镇承载着厚重的历史，历史名人也为运河廊道增添了新的内涵。自京杭大运河开通以来，很多著名人物经由运河南北往来。他们或登临运河名胜，或品尝运河美食，或与友朋相聚，留下了许多宝贵印记，丰富了运河文化的内涵。清代康熙、乾隆两位皇帝多次行经运河，留下了不少墨迹和轶事，显示出国家对运河的高度重视；元好问、董其昌、顾炎武、张伯行等名人或以诗文著称，或以学术见长，均曾在运河之畔驻足停留，有的还曾在这里生活。比如，顾炎武曾在德州长期讲学，为运河增加了一抹生动的文化色彩。除了行经运河的名人之外，运河廊道还诞生了不少著名人物。德州田雯一生励志苦学，居官廉正，体察民情，治绩卓著，官至户部侍郎，人称"德州先生"；聊城杨以增一生酷爱藏书，在聊城建立了晚清四大藏书楼之一——海源阁，杨氏四代藏书的佳话代代流传；济宁孙氏家族亦为运河文化滋养的山东世家，在清代政坛上产生了重要影响，大大丰富了山东运河文化廊道的内涵。

在运河两岸的普通百姓身上，集中展现着山东朴实真诚、重德崇礼的民风。如德州四女侍奉父母，传承着中华民族的孝道；临清柳佐不负百姓厚望，毅然担起修建临清舍利塔的重任；王朝佐勇斗把持钞关、盘剥百姓的宦官马堂，英勇就义，视死如归；张莲芬呕心沥血，积极发展民族工业。他们都为山东运河文化的传承与弘扬做出了很大的贡献。

运河文化融入了普通百姓的衣食住行之中，并由此产生了数量巨大、特色鲜明的运河非物质文化遗产。它们有的伴随着运河而产生，有的则在运河开通之后得到弘扬，有的至今仍有着强大生命力。在饮食方面，德州扒鸡、济宁玉堂酱菜、兰芳斋糕点等特色美食招牌成为著名的运河文化品牌；在戏曲方面，枣庄柳琴戏、独杆轿显示出鲜明的运河特色；在武术方面，临清肘捶、枣庄吴氏八极拳显示出山东运河区域的尚武精神。这些都直观地展现出运河两岸人民群众的精神风貌。此外，运河还孕育出临清贡砖烧制技艺、东昌木版年画制作技艺、葫芦雕刻技艺等类型多样、各具特色的非物质文化遗产，它们成为山东运河文化的重要名片。

运河廊道文化从历史中走来，是山东文化的重要组成部分。近年来，习近平总书记多次就大运河文化保护传承利用做出重要指示批示，为我们做好运河文化廊道建设指明了方向。中共中央办公厅、国务院办公厅印发了《大运河文化保护传承利用规划纲要》《长城、大运河、长征国家文化公园建设方案》，为山东运河文化廊道的建设和运河文化的保护与弘扬明确了工作思路与重点。这些都是科学规划、扎实推进山东运河文化廊道建设的重要遵循。

丰富而鲜活的运河文化，凝聚在运河名城名镇的历史与现实之中，并与之融为一体，集中展现出勤劳勇敢、自强不息的民族精神和开放包容、兼收并蓄的民族特质，是齐鲁文化的重要组成部分，具有重要的意义和独特的价值。深入挖掘山东运河名城名镇的历史与文化，建好运河文化廊道，让运河明珠永远璀璨，让古老的大运河成为文化的长廊、历史的长廊、民族精神的长廊，必然能够为更好地保护、研究、利用山东运河文化，以及进一步传承和弘扬山东优秀传统文化，发挥不可替代的作用。

目　录

一

九达天衢——德州

历史上的德州，因运河而起，因运河而兴。隋唐以来，德州不仅是大运河上的重要漕运码头，而且是南北交通的枢纽。明清时期，大运河促进了德州经济、社会、文化的发展和繁荣，当时的德州有"九达天衢""神京门户"之美誉。从隋唐到明清，大运河纵贯德州，运河之水滋养着德州，也孕育了这里的灵动气质。在运河商品经济和南北文化交流的双重推动下，明清时期的德州更是"人文飙起，名卿蝉联，实甲山左"。千百年来，德州人民创造了大量的物质和精神财富，也创造了具有丰富内涵的德州运河文化，为德州城市发展增添了厚重的文化气息。

（一）名胜古迹

1. 四女孝亲

四女寺位于武城县运河南岸，恰巧处在山东、河北两省三县交界处，有着得天独厚的区位优势和良好的生态环境，文化底蕴深厚。明清时期，由于地处运河沿岸，四女寺镇经济文化空前繁荣，漕运、盐铁、税收等部门的管理机构及众多商会均设立于此，四女寺、佛光寺、六合宝光圣塔、山西会馆、泰山行宫、关帝庙等建筑更是鳞次栉比，当时有"水旱码头"的盛誉。

关于四女寺名字的由来，当地流传着一个美丽的传说。相传，西汉景帝年间，四女寺还叫"安乐镇"。当地有一对姓傅的夫妇家境殷实，且心地善良、慷慨大方。他们有四个女儿，每个女儿都聪慧贤淑、知书达理、孝顺父母，这使邻居们十分羡慕。后来，四姐妹因为担心出嫁后没人照顾父母，便都争相表明了终身不嫁的态度。最终，大姐提议四人各自在门口种一棵槐树，谁的槐树最枝繁叶茂，谁就留下来照顾父母。大姐因为不忍妹妹们的青春被耽误，就偷偷给其他人的槐树浇了热水。

四女祠今貌（胡梦飞摄）

但她没想到的是，三个妹妹发现了这个秘密，便都学着她用热水浇灌其他人的槐树。令人难以置信的是，一段时间过去，这四棵槐树不仅没有枯萎，反而愈加枝繁叶茂。四姐妹认为这是孝道上达于天的征兆，于是更加坚定了待在家里侍奉父母的决心。最终，她们的诚心感动了上苍，一家人全部得道成仙。为了纪念四姐妹的孝心，人们遂改"安乐镇"为"四女树镇"，并为其建祠塑像、树碑立传。因为建有四女祠，又将"四女树"更名为"四女寺"，一直沿用至今。

"四女孝亲"的故事虽然仅为传说，但是奉行孝道的传统在四女寺当地一直延续了下来。由于这一故事的感召，四女寺古庙会香火极盛，吸引了来自周边十多个县市的朝拜者。2012年，四女寺镇被中国传统文化促进会命名为"中华传统美德教育基地"和"中国孝德文化之乡"。

2. 十二连城护漕仓

十二连城，又称"十二连营"，是明朝建文时期为保护运河仓储，在德州卫城以北修建的十二处城防堡垒。从南至北依次为：鲍家营、夏家营、土家营、大营（何家营）、肖家营、中营（顾家营）、北大营（瞿家营）、薄荷营（白贺营）、连营（钱家营）、陈家营、半边营（边家营）、哨马营。城墙全部由夯土筑就，多呈正方形，开有四门，城墙上多有"马面"图案，城墙四周脚下均挖有城防壕沟。其中边家营只有东西两墙，而无南北城墙，城中有一条南北向大道贯通，因此又被称为"半边营"。

谈到十二连城的建立，就不得不从发生在明朝初年的靖难之役说起。朱元璋建立明朝后，分封自己的儿孙到各地做藩王。随着时间的推移，藩王势力日渐强大。建文元年（1399），刚刚登上帝位的建文帝朱允炆便欲削藩，而手握重兵的燕王朱棣无疑是其准备削弱的重点。早在建文帝还未即位的时候，他就已经在时任北平布政使张昺的提醒下，意识到了德州城的重要性。于是，他即位后便派都督韩观屯兵德州驻防演练。建文元年（1399）八月，在燕王起兵后，韩观为保护北厂的军粮和物资，配合李景隆讨燕，就在德州卫城以北（在今德州德城区天衢办事处及二屯镇境内）修筑了南起北营、张庄，北至哨马营，西倚运河，东至长庄王家道口，南北长约十里，东西宽约五里的"十二连城"。所谓"城"，实际上是指一个个的兵营，因此当地百姓又把"十二连城"叫做"十二连营"。

建文二年（1400）五月，李景隆又奉命率军攻燕，与燕王军队在白沟河进行了一场大战，然而却再遭败绩，不得已又退回德州。而燕将陈亨、张信此时乘胜追击，一举攻下德州城，缴获了一百万余石军粮。九月，都督盛庸、山东参政铁铉等率军与燕军交战，德州失而复得。建文帝大喜，便命盛庸为平燕将军，继续在德州屯兵备战。建文三年（1401），盛庸率兵二十万攻燕，在夹河与燕军激战，却遭惨败，又退回德州。此后几经周折，十二连城最终还是落入了朱棣之手。后来，朱棣率军一路南下，攻陷南京，最终取得了靖难之役的胜利。

靖难之役已经过去几百年了，十二连城的城垣和壕沟所在地或成为耕地，或盖上房屋，皆难觅其踪。只有在此地出土的铜制火铳、火炮、泥弹丸等，成为当年那场皇权争夺战争的见证。

3. 孙森创修振河阁

振河阁是德州著名的赏河景观，也是古城德州的著名景点。它坐落在德州大西门以北、小西门以南约一百米处的西城墙上，由明代署济南府同知、德州知州孙森遵照山东巡抚黄克缵的指令修建。

德州振河阁的建造与万历四十年（1612）德州城的大修有关。德州砖城修建于明洪武三十年（1397），由于运河水不断泛滥，加之弘治年间连续几次地震，旧城城墙多处坍塌，多个敌楼颓圮，城门倾斜。到了万历年间，德州城墙已经破败得不成样子。万历三十八年（1610），山东巡抚黄克缵认为，德州不仅是北京的南大门，而且是漕粮运输重地，战略地位十分重要。基于军事防御的需要，不能让城墙再这样破败下去。

当时，"万历三大征"（平定哱拜叛乱的宁夏之役、平定日本丰臣秀吉入侵的朝鲜之役、平定杨应龙叛乱的播州之役）结束时间不长，国库空虚，加之连年灾疫，百姓尚不能丰衣足食，仅仅靠德州一州或济南一府的力量是难以重修德州城的。于是，黄克缵决定集山东全省之力进行大修，这是继明洪武三十年（1397）建成德州城后的第一次大修。完工后，又用剩余物料修建了振河阁和城东南城墙上的雁塔。

关于"振河阁"这一名称的由来，当地流传着一个故事。

据说振河阁最初不叫这个名字，而是叫"振海阁"。当时著名书法家董其昌因故被贬路过德州，住在好友程绍家中，孙森就求他为阁楼题写匾额。董其昌一听"振海阁"这个名字，心想：这若让皇帝知道了，可是掉头之罪呀。虽然这个名字很大气，但在当年却有"犯上"的嫌疑。因为按照当时的观念，四海之内皆为王土，只有皇帝才有资格使用"振海"二字。董其昌为了维护孙森的面子，没好意思说出来，就按其意写了匾额。事后，他对程绍说，此阁名不太妥当，如有人参奏，孙森就有被治罪的危险。两天后，董其昌在离开德州时，又写了块"振河阁"匾额，放在程绍家中以备急用。

果然，不到半年，孙森就遭到了某官员的参奏。程绍听到此消息后，急忙赶到衙门，对孙森说了董其昌的预见和备用之匾的事。孙森感激涕零，当晚就差人偷偷将匾额换了下来。朝廷派来的密探来德州复查时，看到是"振河阁"三个字，且匾额确实是董其昌的亲笔，孙森这才躲过一劫。

当然这个故事带有很强的传说性质，德州并不靠海，所以可能并没有所谓的"振海"一说。振河阁建成之后，人们纷纷对它表达赞美和喜爱。诗人田同之登临振河阁后曾写下"阁中思渺渺，阁下水泛泛"的诗句。程先贞在《秋日登州城西楼》中这样写道："城尖飘渺挂飞楼，极目天涯一望收。"站在廊栏内俯瞰，只见城内炊烟袅袅，店铺、人流清晰可见；远眺运河，白帆点点，百舸争流，向德州城驶来，到近处又绕城北上，与驿道上的人流相互辉映，川流不息，美不胜收。振河阁成为德州著名景观。

清雍正十二年（1734），为避免运河对德州城的威胁，德州城城西的弯曲河道被挑直，自此大运河远离德州城西三里之外，振河阁由于远离河道而丧失观景功能，昔日登临的盛景不再，逐渐走向冷落荒凉。

4. 程绍营建濯锦园

濯锦园是明清时期德州城内比较著名的园林，由德州程氏家族的程绍建造。程绍是明万历十七年（1589）进士，曾任户科给事中。他曾因秉直怒言触犯了皇帝，被削职为民。赋闲在家期间，程绍与父亲程讷在城北修建了濯锦园，因此濯锦园也被称为"程氏北园"。

由于程绍在工部为官期间从事过营建工作，对各地园林都非常了解，所以他在修建自家花园时博采众家之长。濯锦园以北方园林的宽大厚重为底蕴，借鉴了苏州园林的优点，不仅规模宏伟、气势磅礴，而且别致优雅、独具一格。濯锦园坐北面南，在园门外左侧立一奇石，上书"濯锦园"三个大字。园门口牌坊系木石结构，名曰"启秀坊"；迎门名曰"咏俊亭"，为重檐八角凉亭；亭后为砖木结构的二楹厅堂，名曰"眙燕堂"。园门及坊、亭、堂的匾额、楹联，均由明礼部尚书、书画大家董其昌题写；厅堂系主人读书会客、饮酒、品茶、吟诗的地方，厅内上悬明代书法家邢侗所书"研洁笔精"的横额；取王羲之以字换鹅典故的"鹅群榭"三字匾额，系明代著名书法家、礼部尚书、官弘文院学士王铎亲笔。园内土阜起伏，挛石为山，峰峦洞壑，逆绕奇胜。园门东侧是以晋代大诗人陶渊明的故乡"栗里"为名的茶室，茶室连接长廊，系北方古代建筑风格；园中亭、榭、曲桥、水面四布，富有江南园林特色；园后假山遍布，路绕峰回，乔木映衬，四周是长松疏柳，芳草绿茵，百鸟鸣翠，富有山野之韵味。

整个园林构思独特，漫游其中，使人心旷神怡，流连忘返。清朝诗人张元在《重过濯锦园》一诗中写道："连雨晴方好，还过濯锦园。由来城市里，风物似山村。丘壑原前代，琴樽付后昆。主人能爱客，留醉近黄昏。"一时间，濯锦园成了一大名景，来德州城的名仕官宦、文人墨客均到此参观游览，使小锅市一带成为繁华之地。

程氏家族在德州城兴盛了一百五十余年。清朝建立后，程氏后人程先贞任工部员外郎一年后，便辞官隐居。清康熙十三年（1674），应德州知州金祖彭之请，程先贞与州同唐永先、州判滕元鹤等十余人纂修了《德州志》。他认真编写，仔细核对，一丝不苟，但不署衔、不受俸。从此，程家的后代均不再入仕，程氏家族便开始逐步衰落。美丽的濯锦园因无力维护也随之逐渐败落，许多奇石流落于民间，园址荒芜后成了农田。在园子前后居住的佣人们，在此娶妻生子代代繁衍，最终形成了名为"前园"和"后园"的两个村子。

5. 董其昌题匾药王庙

明清时期，在德州城东南的柴市街上，坐落着一座雄伟壮丽的巍巍殿堂，这就是药王庙。庙门上方匾额上所题的"药王庙"三个大字，为明代大书法家董其昌所书。

元朝定都北京之后，德州城因紧邻运河的区位优势，发展成了繁盛的漕运码头。再加上德州还是九省进京的必经之地，因此城内八街九陌，门庭若市，繁华极盛。在城内，仅仅是做川、广、云、贵熟药材买卖的就有十余家。为了增强市场活力，进一步发展经营，首户药商联络了各家店铺的股东，商定修筑一座药王庙。他们活跃于城内的士绅名流之间，成功募集了近千两纹银，成立了庙董会，并于城东南买下了1.3公顷的土地，雇佣匠人建造了药王庙。两年后，庙宇的修建已经接近尾声，随之而来的问题就是请何人题额可以提升庙宇的声望。庙董们不约而同地选择了当时的德州知州董其昌。

董其昌是华亭（今上海松江）人，祖籍山东莱阳。他擅画山水，且写得一手好字，在当时的文人墨客中可谓是鼎鼎有名，向他求字并非易事。最终，大家推举出一位名望较高的士绅前去求字，没想到董其昌欣然答应。但是因为政务繁忙，迟迟没有动笔题写。随着庙宇逐渐完工，庙董们焦急地等待着匾额，但也无计可施。

直到一大清晨，只见狂风怒号，一时间天色阴沉，董其昌在后堂难以静心读书，只得闷坐。偶然间，他看到几案上蒙尘，灵光乍现，对于庙董们为匾额求字一事有了打算。当时衙门老爷吃早点时通常都会赊账，并在年节之日一次付清。董其昌常在衙门对面张鋈夫妇的果子铺吃早点，虽一直未付钱，夫妇两人也从不讨要。于是，董其昌就打算通过求字之事，为张老夫妇谋取一份酬劳。

到了下午，大风渐止，董其昌便去了张老夫妇的果子铺。进入铺子后，他看到炸果子的案板上落了一层尘，不由得大喜。紧接着，他让老妇为他准备了炊帚，以之为笔，在案板上写下了"药王庙"三个字。董其昌告诉夫妻二人，第二天不要炸果子，而是等人来买这块案板，同时嘱咐两人卖个高价，多多向来人索要银两。张氏夫妇虽然摸不着头脑，但还是应了下来。

董其昌返回衙门后，便派人透出风声。庙董们听说后，立刻赶往果子铺，向张氏夫妇请求购买那块案板。夫妇二人一狠心，要了二十两银子。庙董们二话不说，便将案板买下了。他们将案板送到了城里一家知名的刻字店，经过艺人的倾心雕刻，字迹银钩铁画、有着名人落款的匾额便挂在了庙门之上。而张氏夫妇也因为这二十两买字钱，改善了生活。董其昌听说张老夫妇仅要了二十两银子后，感叹道："老百姓如此忠厚，何愁德州不兴！"

6. 爱必达修建恩泉行宫

据《清高宗实录》记载，乾隆皇帝一生曾经六次南巡、五次东巡，前后二十次驻跸德州。

乾隆皇帝如此频繁地光临德州，令山东地方官员引以为荣，心怀感激。当时山东巡抚名叫爱必达，满洲镶黄旗人，是清朝初期名臣遏必隆的孙子。他考虑到乾隆皇帝来到德州后没有专门的行宫，居住条件较为简陋，于是决定在德州给乾隆皇帝修建一座新的行宫。

经过紧锣密鼓的修建，乾隆二十二年（1757）初，赶在乾隆皇帝第二次南巡之前，这座行宫宣告竣工。新行宫位于今天德州市华联商厦、人民公园一带，距离京杭大运河不远，这里是当时德州城地理位置最优越的地方，方便乾隆皇帝一行弃轿登舟，或弃舟乘轿。行宫附近有一口明代燕王朱棣留下来的古井"恩泉井"，故新行宫被命名为"恩泉行宫"。

恩泉行宫与河北承德热河行宫采取一样的规制，只是规模略小一些。行宫按照古代宫殿三朝五门、坐北朝南、中轴对称的建筑格局设计，有正殿、便殿、寝殿等，便于皇帝办公和接见官员。两侧院落有配房、照房、膳房、朝房、军机房、阿哥房等，各项设施一应俱全。另外，还有供皇帝休闲的御花园等。行宫内部陈设更是大气、奢华。

乾隆二十二年（1757）正月十九日，乾隆皇帝一行驻跸恩泉行宫，爱必达美滋滋地等待着乾隆皇帝的赞誉和褒奖。可是令他没有想到的是，乾隆皇帝见到恩泉行宫后不喜反怒，将爱必达召去狠狠地批评了一通。此外，还专门还写了一首名为"德州行宫示山东大小史"的诗："未敢深宫自宴居，省方展义每廑予。按程移帐安犹便，择向开轩费则虚。一宿迁他赏何有，万民得所乐宁如。由来不说惟成事，此后无需慎戒诸。"这首诗的意思是：我身为皇帝，不能老是待在深宫里享受安逸的生活，需要出来了解各地的情况。每次出来，大家已为我安排得十分周到方便，再修这样的行宫就是劳民伤财了。我只是短暂住宿，很快就要去其他地方，用得着这样折腾吗？不如省出一笔钱来，让老百姓安居乐业好。现在行宫建好了你们才告诉我，虽然不再追究责任，但下次你们不要这样做了。看了此诗，爱必达战战兢兢，只能点头称是。

其实，乾隆皇帝对恩泉行宫很满意。根据记载，他每次驻跸德州时，都选择住在恩泉行宫。乾隆三十年（1765），乾隆皇帝第四次南巡时，在恩泉行宫召见了告老还乡的德州名士、原两淮盐运使卢见曾，并亲自题写了一块上书"德水耆英"的匾额送给他，对他的人品和宦绩给予高度赞扬。不过，修建恩泉行宫的爱必达最终下场却并不好。他在晚年时，因为袒护下属被贬到伊犁军台效力。而他一手修建的恩泉行宫历经岁月的风吹雨打，如今已荡然无存。

（二）历史名人

1. 东方朔智谏汉武帝

东方朔（约前161—前93？），字曼倩，平原郡厌次县（今德州陵城区神头镇）人，西汉时期著名文学家。东方朔博学广识、能言善辩，善于以诙谐的语言和方式陈说国政大事，甚得汉武帝赏识，其事迹在《史记》《汉书》中均有记载。

汉武帝好游猎，常以平阳侯的身份出去狩猎，为此经常踩

东方朔之墓（胡梦飞摄）

坏庄稼，百姓怨声载道。他还曾因此被当地官府扣留，于是就想建立一个专门用来狩猎的林苑。汉武帝计划命人计算出修建狩猎场需要圈占农田的价值，计划用荒地补偿农民。东方朔正好在场，就进谏说："这太奢侈了，劳民伤财，超过了规制。林苑虽小，臣以为这件事却很大。"他接着为武帝分析了三点原因。首先，修建林苑用的都是丰饶的土地，会侵占百姓肥沃的耕地。对上来说，减少国家收入；对下来说，影响农桑之业。其次，修建林苑，用来豢养鹿、狐兔、虎狼等，会毁坏百姓的墓冢，拆毁百姓的房屋，让老弱之人痛苦悲伤。再次，修筑围墙作为禁苑，其中又有深沟大渠，为追求一日游猎的乐趣，不值得尊贵的天子去涉险犯难。分析完原因之后，东方朔总结说："只追求苑囿之大，不体恤农时，并不是国家富强的表现。"

东方朔运用自己的智慧对汉武帝进行劝谏，还表现在劝其公正执法上。隆虑公主的儿子昭平君娶了汉武帝的女儿夷安公主，昭平君既是汉武帝的外甥，又是当朝驸马，因此非常骄横。隆虑公主临死前向汉武帝进献了很多钱财，请求预先为儿子赎一次死罪。隆虑公主死后不久，昭平君酒后杀死了公主的保姆。汉武帝大怒，决定杀了昭平君，但又因答应过隆虑公主，左右为难。这时东方朔却向汉武帝敬酒，受到斥责后，东方朔谢罪道："臣想到陛下迫于国法斩了自己的外甥，希望用酒来化解陛下的悲痛。"在东方朔的劝谏下，武帝最终处死了昭平君。

终其一生，东方朔最高职务仅为一千石的太中大夫。在"汉之得人，于兹为盛"的汉武帝一朝，东方朔虽未能留下青史留名的政治功绩，却能以近侍的身份与汉武帝君臣相伴多年，一有机会便直言进谏，在历史上留下了很多精彩有趣的故事。

2. 颜真卿誓死守平原

颜真卿为唐代著名书法家、政治家，他与德州有过一段不解之缘。颜真卿曾任平原太守，而当时的平原郡就是今天的德州。任平原太守期间，颜真卿留下了《东方朔画赞碑》等书法名作，至今仍为德州的文化瑰宝。在平原郡，颜真卿还做出了一生中最壮烈的举动，那就是抗击安史之乱。

天宝十二年（753），因受杨国忠的排挤，颜真卿被调离京师，出任平原太守。天宝十四年（755）十一月，安禄山率领二十万精兵叛变，一路杀入东都洛阳。此时的唐玄宗从未想过安禄山会举兵谋反，因此在军事上并没有提防。当时河北各个郡县的官员要么投降，要么弃城而逃。只有平原城装备精良、戒备森严，叛军费了很长时间都无法攻占，只得绕道而行。随后，叛军渡过黄河，接连攻占了几个城市。紧接着，东都洛阳也沦陷了，安禄山自称"大燕皇帝"，继续兵分几路攻打潼关，企图一举攻占长安（今陕西西安），将唐玄宗取而代之。

为了此后高枕无忧，安禄山派他的部将段子光将唐将蒋清及其他两人的首级带到平原县，胁迫颜真卿投降。然而，颜真卿面不改色，将段子光腰斩。随后，他召集所有士兵举行宣誓仪式，细述安禄山反叛的种种罪行，并呼吁大家团结起来报国，勇敢地除掉叛贼。与此同时，颜真卿的堂兄颜杲卿也在常山（今河北正定）扛起了抵御叛军的大旗，声援平原县。不久后，河北的十七个郡纷纷响应，并联合推举颜真卿为同盟的领导人。颜真卿"集兵二十万，横绝燕赵"，切断了洛阳与叛军据点范阳之间的通道，狠狠打击了安禄山。安禄山得知这一消息后，派遣白嗣深、乙舒蒙等人率两万士兵前去作战。颜真卿这边则派遣将军李择交，副将平原县令范东馥，裨将和琳、徐浩等人分路推进，击溃了叛军，并斩万数首级。唐玄宗听说后大喜，任命颜真卿为户部尚书，仍担任平原郡太守，驻守河北。

唐肃宗继位后，拜颜真卿为工部尚书，兼御史大夫、河北采访招讨使。河北局势的突变使安禄山不再进攻潼关，转而以河北为目标，派遣史思明和尹子奇率军大举进攻。不久后，饶阳、河间、景城、东安逐一沦陷，只有平原、博平和清河三个郡还在苦苦坚守，但也已然被叛军包围。叛军围攻常山时，颜杲卿带兵浴血奋战。可惜的是，经过六天六夜的努力，常山还是落入敌手，颜杲卿也被杀害。更加悲壮的是，包括颜杲卿的儿子颜季明在内的颜家三十多口人，几乎全部罹难，为安禄山所害。

叛军兵临平原郡城外时，颜真卿派他当时只有十岁的独生子颜颇漂洋过海（渤海）来到渔阳（今北京密云），与平卢守将刘正臣取得联系，请求他从敌后起兵伏击叛军。三军将士不断劝说他收回成命，颜真卿却丝毫不为所动。颜真卿这种用自己的家庭和生命维护国家统一的举措，使得平原县的百姓大为感动。受他的影响，武弁和猎户们纷纷自愿在战场上效命服役。叛军在打通洛阳至范阳的通道后，受安禄山的指挥向西进军，迅速攻下了长安。此时平原县内没有了粮草，在外也没有增援的部队，引起了人们恐慌。至德元年（756）十月，颜真卿无奈之下，含泪告别了平原，渡过黄河后，经江淮、荆襄前往凤翔（今陕西宝鸡）。

颜真卿矢志不移地在平原城抵抗安禄山大军，使叛军受到了牵制，也为唐朝军队最终平定安史之乱做出了巨大的贡献。颜真卿在平原虽然只有三年多的时间，他的功绩却能光照史册，后人尊称他为"颜平原"。

3. 贾建才创制德州扒鸡

康熙四十一年（1702），康熙皇帝南巡驻跸德州，下榻于其年少时的老师、著名诗人田雯家中。在田氏家宴上，康熙皇帝品尝五香脱骨扒鸡后龙颜大悦，德州扒鸡从此作为贡品进入宫廷。乾隆年间，扒鸡制作艺人又被召进皇宫里的御膳房，从此德州扒鸡更是名扬天下。说起德州扒鸡的由来，当地民间流传着一个有趣的故事。

早在明代，德州城内及水旱码头上就有人叫卖烧鸡。康熙三十一年（1692），德州城西门外的大街上有一家烧鸡店，老板名叫贾建才。这条街是通往运河码头的必经之路，在此做小本买卖，生意还不错。一天，贾掌柜要出去处理一件紧急的事情，于是指示小伙计控制好火候。没想到的是，他前脚刚离开，小伙计就趴在炉灶前睡着了，醒来后发现自己将烧鸡煮过头了。一筹莫展之际，贾掌柜回来了。无奈之下，贾建才只得将鸡取出，尝试在店里出售。没想到的是，鸡肉竟然香气诱人，吸引路人纷纷购买。顾客尝过之后不由得称赞道："不仅鸡肉鲜美软烂，就连骨头嚼起来也脆香可口，真是太香了！"之后，贾掌柜便全身心投入到了烧鸡制法的研发当中，最初的扒鸡制作工艺由此诞生——先用大火煮，再用小火焖。用如今的说法就是火候要先武后文，文武有序。

贾家制作的烧鸡小有名气之后，老顾客们就建议给这种鸡起个名字，但是贾掌柜绞尽脑汁也想不出来。过了些日子，他突然想到临街有一个马老秀才，或许可以从他那里得到一个好名字。于是，他用荷叶把刚出锅的两只鸡包起来，迅速走到马家溜口街上的马秀才家里，让他尝尝鸡的味道并为之命名。马秀才在询问过烧鸡的制作方法后，一边品尝，一边吟诵："热中一抖骨肉分，异香扑鼻竟袭人。惹得老夫伸五指，入口齿馨长留津。"诗成吟罢，马秀才脱口而出："好一个五香脱骨扒鸡呀！"这就是德州五香脱骨扒鸡名称的由来。第二年，贾建才把扒鸡带到元宵灯会上去卖，销量极大，德州扒鸡名声大振。直到现在，只要提到德州这个地方，人们首先想到的就是德州扒鸡。

4. 康熙帝赐匾赞田雯

田雯是清代著名诗人，他一生励志苦学，居官廉正，体察民情，治绩卓著，人称"德州先生"，德州民间流传着很多关于他的故事。

田雯塑像（唐冬平摄）

少年时代的田雯就极为聪慧、勤奋。他六岁学《孝经》，七岁学《毛诗》，十二岁始学为文，十六岁学通经史，属文日数千言，岁试第一。三十岁殿试中二甲第四名，三十三岁被授予内秘书院办事中书舍人，从此进入仕途。田雯一生为官清正，勤政恤民，是一位颇有政绩的治世能臣。他极力整肃吏治，惩处贪污腐败，从制度、法规上堵塞漏洞。他在任期间，每次出行都轻车从简，自己购买蔬菜、粮食，杜绝官场的宴请。

田雯五十岁时，受命前往湖北筹办兵粮六万石。当时的粮库监守自盗、存整扣零、沿途克扣、索贿受贿等腐败现象不胜枚举，征、存、运困难重重。田雯到任后，明察暗访、历数弊端，增设"易知单"，规定递交公文即可验收放行。他还抽查运载粮米，预查册内新船，实行抽签制度，缉拿和惩办盗粮者。通过一系列整治措施，索贿舞弊等乱象近乎绝迹，确保了粮道畅通与漕运及时，不仅得到皇帝的称赞，也受到当地百姓的赞赏。田雯离任后，百姓特地集资为他建造了祠堂，以示纪念。

五十三岁时，田雯出任江宁巡抚。当时江宁（今江苏南京）一带阴雨连绵，稻谷腐烂，百姓苦不堪言。田雯连写五篇奏疏陈述灾情，向朝廷请求减免江宁上交的米粮，动用国库钱财疏浚运河，并减赋税、免铜课。这些建议都被康熙皇帝所采纳，当地的灾民得以度过灾荒。田雯还拿出个人积蓄，在城内设置两所病坊，专门为灾民治疗疾病。

康熙二十七年（1688）四月，田雯由江宁调抚贵州，开始了为期三年的治黔生涯。贵州作为西南省份，明初才建立行省，田雯见贵州经济文化落后，便致力于发展当地文教事业，增建县学，整修书院，奖掖黔中人才。他还在处理公务之余亲自到书院督课，贵州省文风日盛。康熙二十九年（1690），田雯完成了《黔书》的写作。全书共分两卷，举凡贵州的地理、历史、疆域、民族、风俗、古迹、文教、人物、物产等。这是田雯治黔的一大政绩，《黔书》也成为后人学习的资治典范。田雯在贵州任职三年，政绩突出，造福一方百姓，受到当地人民的爱戴，被称为"德州先生"。

田雯勤政爱民、清廉正直的作风受到康熙皇帝的赞扬和肯定，他在诏书中多次称赞田雯"持躬克谨、莅事惟虔""秉质纯良、持心端谨""慎以持躬、敏以莅事"。康熙四十一年（1702）正月，田雯辞官回到故里，当年十月，康熙皇帝南巡途经德州，特地召见了田雯，并御书"寒绿堂"匾额赐之，以表彰其功绩。

5. 解宝岐舍面救堤

白面口子的故事，在德州运河西代官屯一带流传甚广。白面口子是个地名，它的位置在今代官屯村西南五百米左右的运河大堤上，具体地说，白面口子就是这一段运河大堤的名字。这里河道弯曲，形成了一个不大的回转弯，水流直冲河西大堤后，又拐向东南。每到南运河洪水泛滥之时，这段大堤就要承受很大的压力，是一个险工之地。后来，由于运河不断改道，运河大堤不断加高、加宽、移动，现在已经找不到原来决口的具体位置了。

明初的靖难之役，使德州周围成了"万户萧疏鬼唱歌"的荒凉之地。朱棣登上帝位之后，他深知德州城是个战略要地，于是针对德州采取了诸多发展经济的优惠政策，其中就包括移民屯田。当时，由山西洪洞县迁徙来的金、解两姓的军籍户入住德州运河西岸，被指定为第三屯的地方。白面口子的故事就发生在解家人身上。

清代前期，大运河漕运及民间航运事业格外兴旺，带动了德州各行各业的发展。这时，第三屯的解家已经传到了解宝岐这一代。由于全家勤劳厚德，解家成为当地的富户，他们仗义疏财、乐善好施的家风也传承了下来。只要听说村里或附近村庄有断炊的乡亲，解家就会主动送米、送面上门。每逢庙会，他家还会搭粥棚，舍粥于贫困的百姓。因而，解家的生意越来越红火，渐渐成了远近闻名的望族。

清雍正年间，南运河经常发大水，威胁着朝廷的漕运和两岸居民的人身财产安全。有一年，正当秋季农民期待丰收之际，大运河又发起了大水。这天，解宝岐赶着大车，车上满载着面粉，正要送往城里的铺子。他出了村顺着河堤向北走，要到许家摆渡口过河。当他走到代官屯南大运河的拐弯处，突然发现运河的大堤上，有一处刚刚被洪水冲开的小口，洪水正顺着缺口向堤外急速流去。而且，小水沟在迅速加宽加深，洪水的流速也越来越快，运河随时都会决口溃堤。

解宝岐见状，当即惊出一身冷汗，他深知如果不将这个缺口及时堵住，顷刻间几十里之内百姓的家园及其即将收获的庄稼将全部被毁。情急之下，他高声叫喊："这里开口子了！大家快来呀！"与此同时，谢宝岐毫不犹豫地将车上装着白面的口袋全部填进了缺口处，暂时减缓了洪水的流速和缺口扩大的速度。随后，周围的百姓闻讯赶来，对缺口进行了抢修加固，终于保住了运河大堤，百姓们的生命和财产也得以保全。解宝岐急中生智，奉献了一车白面，才避免了一场溃堤之灾。人们都对他赞不绝口、感激涕零，可他却说这是应该的，随即赶着空车返回了第三屯。

事后，附近几个村的百姓为了感激解家，为其送上了上书"舍私救堤"的金字牌匾，挂在了他家的大门上。也有村庄主动给他家送去了麦子，可解家说什么也不收。于是，一度出现了夜间人们将麦子偷偷放在解宅大门前,白天解家将其磨成面,再分送到附近贫穷人家的感人情景。与此同时,各村管事的商量之后,将此事联合上书德州城的州衙。知州知道后,也对谢宝岐舍私为民之举颇为赞赏,下令广为宣传。衙门加倍补偿了白面,赏给买面银两,并将被解宝岐救下的这段河堤命名为"白面口子",启迪后人学习解宝岐舍私为公的精神。

几百年过去了,这个故事一直在德州民间流传。2005 年,漳卫南运河德州河务局在此处立了块"白面嘴险工"的石碑。虽然所写的名字与传说中略有出入,但它使这段感人的故事再次得到了认可与传承,白面口子这个地名也牢牢地印在了德州人的心里。

6. 孙星衍疏浚减河

清代著名文化学者孙星衍曾在德州做官十二年,无论是在文学还是政绩上都颇有建树,为后人所称道。可以说,孙星衍把人生中最有光彩的岁月都留在了德州这座城市。

德州作为重要的运河城市,因运河而生,也因运河而兴盛。大运河曾经带给德州民众无数的发展机遇和巨大的财富,但同时也使两岸人民遭受了无数次水患灾害。明清两代,中央和地方为运河的治理花费了大量人力、物力和财力。

孙星衍为人清正廉洁,曾在刑部任职,平反过无数冤假错案。在任山东督粮道时,除处理漕运相关事务外,他对德州运河的治理也非常关心。嘉庆十年(1805)夏秋交替之时,卫河上游临清段闸口处不断涨水，洪水水位高过闸内水位。迫于无奈，只得关闭闸口，这就使得漕船通行受阻。孙星衍实地勘查时，发现在恩县的四女寺原来有一条支河——四女寺减河。这条河流入老黄河故道，经过乐陵至海丰入海，便想借此道泄水。但是，因为年久失修，河道已经淤塞。于是，他便上疏请求疏浚四女寺减河，以达到宣泄卫河之水的目的。

四女寺减河早在明永乐十年（1412）就已开挖，最初的减河口位于德州的西北。河的上口距离黄河故道仅十二里，其中五里原先便有沟渠，又有五里为古路，最后的二里地形较为平坦。这样的地形优势，大大降低了减河开挖和疏浚工程的难度。

在得到朝廷的同意后，孙星衍便立刻着手准备减水河疏浚工程。考虑到正值农忙之时，为了保障众多百姓的权益，不影响农业生产的正常进行，孙星衍没有征用运河两岸的民夫。经过多方面的考虑和协调，他最终决定动用驻守德州的军队。如此一来，不仅减水河的疏浚工程得以快速有序地进行，两岸百姓的生产生活也没有受到影响。孙星衍因有一颗拳拳爱民之心，受到了德州百姓的赞扬。减河开挖后，洪水得以顺利宣泄，孙星衍也因为治河有功，在嘉庆十二年（1807）被提拔为山东布政使。德州百姓感激他为官期间为德州城做出的种种贡献，于是奏请朝廷批准，准其入祀德州名宦祠，以使子孙后代都能够铭记他的功绩。

（三）文风文脉

1. 马明瑞创建醇儒书院

书院是中国古代社会特有的教育组织和学术研究机构，多由官员或学者创立，在推动地方文化发展方面有着重要作用。德州作为京师门户、水陆枢纽，受当时政治、经济、文化的影响，得以发展书院，并于明万历年间达到鼎盛。在众多书院中，创建时间较早、影响较大的当属明代德州知州马明瑞创建的醇儒书院。

醇儒书院的创建与董子读书台的重修有关。董子读书台位于德州城西运河之畔，为汉代大儒董仲舒讲学、读书之所。董子读书台原建于德州城小西门外廻泷坝附近，因董子著有《春秋繁露》，所以也被称为"繁露台"。民国《德县志》记载：明正统六年（1441），知州韦景元在小西门外回龙坝北重修学宫（即孔庙）时，掘地得石一方，上刻"董子读书台"五字，就在原地重修了董子读书台。弘治八年（1495），山东参政林先甫委托济南府同知王从鼎招募工匠在德州学宫东侧营建董子祠，以专礼董子。万历四十三年（1615），董子读书台和董子祠因年久失修，破旧不堪。为了让后人继承董仲舒刻苦读书的精神，时任德州知州的马明瑞便将其迁移到德州城西大门外古运河岸边的一块高地上（今天衢铁路地道桥东路南），同时在附近重修董子祠，并改"董子书院"为"醇儒书院"。

德州董子读书台今貌（王德胜摄）

马明瑞在兴建醇儒书院之前，就高度重视士子的学业。据记载，马明瑞在任期间以兴学为第一要务。到任后，即与诸士子约好每月举行一次集会，对其学业进行考评，并选择其中成绩优异者刻书留名，名曰"崇仁会课"。在马明瑞的倡导和影响下，士子们的学业大有长进，德州城内读书好学之风日渐浓厚。前往学宫学习的士子日益增多，以往学习的场所渐渐无法容纳。在这种情况下，马明瑞决定创建一所规模更大的书院，专门用于读书讲学。

当时德州运河经常泛滥溃决，对漕运和农田造成危害，马明瑞在运河两岸修建长堤，以防止溃决；在运河下游建闸蓄水，以解决运道水源不足的问题。在治理运道的过程中，马明瑞发现城西门外古运河沿岸的一块高地特别适合修建书院，于是便将此处作为院址。德州被誉为"南北通衢",境内驿站众多。驿站的马匹、夫役等费用皆取自民间,当时的德州百姓饱受驿站供应之苦,往往负债于豪右富商之家。针对这一情况,马明瑞捐出自己的俸禄创建马厂,大大减轻了民众的负担,每年还可余下一百余两白银,马明瑞又将这笔钱用于购买相关建筑材料。当时山东境内频繁遭遇水、旱、蝗等灾害,朝廷专门拨款赈济。虽然德州没有遭遇水旱和蝗灾,但境内仍有众多灾民流离失所。马明瑞打开官府粮仓,以工代赈,解决了修建书院的劳动力问题。明朝建立后,实行卫所屯田制度,随着时间的推移,卫所士兵数量有所减少,导致大量土地抛荒。马明瑞按照籍册认真加以核查,从中找出抛荒之田若干亩,用自己的俸禄购买这些土地,然后出租给普通百姓,每年收取一定的田租作为书院的日常经费,解决了书院的日常用费问题。

建成后的书院共有讲堂、书斋、廊庑各一处,院门两座,各四楹,膳室、茶寮各一处,"皆宏敞巨丽,称甲观焉"。书院前不远处还建设了董子祠,祠前建有"天人大儒"牌坊。特别引人注目的是书院前还仿照学宫设置了泮池,较当年董仲舒读书之时,规模扩大了很多。院中除珍藏着诸子百家的经书外,还保存了董仲舒的《春秋繁露》及其他著作。一时德州城文风大震,读书学习成风,学子们纷纷中举、成才。

2. 田雯捐资修雁塔

德州素有"神京门户""九达天衢"之称,历史上名人众多，名儒田雯便是其中之一。作为德州文化名人，田雯对家乡的科举和文化事业极为关注，德州当地一直流传着他捐资修雁塔的故事。

雁塔又称"题名塔"，建在德州古城墙的东南城墙角上。明清时期，德州雁塔脚下城墙内的澄碧园，有老槐垂柳、苍郁松柏、丛丛翠竹、浓浓绿意。艳阳下，园中清澈的湖水映着宝塔的倒影，美不胜收。雁塔不仅仅是一座题名塔，更是当时德州城的标志性建筑。

说起雁塔，人们往往会联想到古城西安的大雁塔。提起题名塔，就会引出"雁塔题名"的典故。德州的雁塔效仿"雁塔题名"而建，塔的腹中皆空，如同一座房屋，四壁均镶嵌着光滑的石板。这些石板是用来镌刻德州籍的进士、举人姓名和其及第时间的。

该塔为明万历四十年（1612）德州知州孙森所建，可塔中收录的名人最晚可至明崇祯十五年（1642），这说明在明代后期曾对其进行增补和维修。进入清朝前期，该塔就无人过问了，还遭到了不同程度的损坏。

到了清康熙四十年（1700），该塔修建近九十年后，因多年无人管理而四处破损。当时人称"德州先生"的户部左侍郎二品大员田雯因病乞休，返回原籍德州休养。在这期间，田雯出资并发起募捐筹集资金，对德州雁塔进行了一次较大规模的修葺。

重修后的德州雁塔，不仅整旧如新，还在塔内适当位置增加了两块石板，对原来的题名进行了整修，并增补了明后期德州籍未收录的进士和举人，增加和补题了清顺治年间到清康熙年间德州籍的进士十六人、举人二十八人。原来的提名石板，是明成化年间的兵部左侍郎张海题写的《德州科第题名记》置于榜首。这次修葺后，田雯又为此作《题名记》，置于张海的《题名记》之前。

德州雁塔古朴玲珑、挺拔秀丽、稳重简洁、造型优美。塔身虽然不高，但建在古城墙之上，显得孤高挺拔，十里之外便可望见。1950年，德州雁塔与德州城墙同时被拆除。

3. 顾炎武德州讲学

明末清初著名的思想家、史学家、语言学家顾炎武，与德州有着不解之缘，一生曾数十次来德州会友、讲学，写下了众多与德州有关的优秀诗文。在德州，顾炎武不仅完善了自己的知识体系，也为清代德州文化的发展与繁荣做出了贡献。

顾炎武与德州结缘得益于程先贞的邀请。程先贞是顾炎武在德州的挚友，两人交情深厚。顾炎武每次经过德州，都会前去拜访他。二人在一起谈经说史，很是投机。知音相见，时间总是过得飞快，顾炎武经常因谈得不够尽兴在程家留宿，这一留短则数天，长则一月，每次离开时都依依不舍。程先贞去世时，顾炎武专程从章丘赶来，悲从中来，作《哭程工部》诗一首，后来还专程赶来为程先贞送葬，又作《送程工部葬》诗一首，足见两人深挚的感情。顾炎武与程先贞的深厚情谊，正是促成他接受邀请、决定在德州讲学的原因。

清康熙九年（1670），顾炎武应程先贞、李涛之请，来到德州，于程先贞家中讲《易》。为了做好充足的准备，顾炎武提前两月就专门从北京来到了德州，和程先贞等人商量怎样进行这次讲学。作为清代学术的开山人物，顾炎武学术水平极高。他在讲学过程中侃侃而谈，充分发挥出了自身精于文献考证的优势，对汉代象数易学、宋代"图""书"易学，以及《周易》经、传和古韵都进行了深入的讲解。他大谈经世思想，可谓是精彩绝伦、妙不可言，赢得台下一片叫好之声。他渊博的学识为越来越多的人所赞赏，来听讲的人也随之增多。这一年立秋，路过程先贞家的工科右给事中王曰高听了顾炎武的讲学后赞不绝口，甚至向自己的好友赠送了顾炎武的《槐轩集》。而程先贞更是为自己有这样一位学识渊博的好友而自豪，作《赠顾征君亭林序》，对其大加褒扬。在清初那个特殊的时期，聚众讲学是有一定风险的，但顾炎武毫不畏惧，这也让人倾倒于他的胆识和勇气。这次讲学一直持续了四个多月，九月初讲学结束时，顾炎武还专门作了一首《德州讲易毕奉柬诸君》，作为与学员的留赠之言。

4. 钱谦益德州赋诗

说到清初文化名人交友于德州的故事，就不得不提明末清初的诗坛领袖钱谦益。崇祯六年（1633）上半年，德州学者卢世㴶刻成《杜诗胥钞》，寄给仰慕已久的钱谦益求序。这个时候的钱谦益正因为与温体仁"阁讼"失败在家乡闲居，于是给卢世潅作了题为"读杜诗寄卢小笺"的序，在序中肯定并且鼓励了他在笺杜方面的努力。崇祯七年（1634）春，卢世潅看到这位景仰已久的文坛大家对自己的鼓励后十分高兴，当即便作五言长句《奉寄钱牧斋先生》，将自己对他的崇拜之情表达了出来。自此，二人开始正式交往。

崇祯十年（1637）正月，钱谦益被常熟县民张汉儒投诉，说他与瞿式耜在家乡多行不法之事。阁臣温体仁查办该案时，拟逮捕钱谦益、瞿式耜入狱受审。钱谦益知道后十分忧虑，突然想起了卢世潅的内兄兼亲家、吏部尚书谢升与温体仁关系较好，于是便写了一首诗，让人送到卢世潅的家里，希望卢世潅能够说服谢升帮忙周旋。卢世潅收到信后，看到自己亦师亦友的偶像遭此劫难，立刻答应了下来，并作《上牧斋先生》回复。钱谦益收到回复后立刻回赠一首《次韵酬德水见赠》，然后就收拾行囊投奔德州。钱谦益、瞿式耜一行到达德州后，卢世潅为了避免被人抓到把柄，就将他们安顿在好友程泰（字鲁瞻）位于城东的东壁楼中。在德州期间，钱谦益受到卢世潅、程泰等人的热情接待，又得到吏部尚书谢升帮助斡旋的口头承诺，心中大喜，因而诗兴大发，共作诗三十三首。

第二年，钱谦益、瞿式耜等人得到宽宥，被处以轻罚后释放。中秋之日，卢世潅等人聚会京城，专门设宴给钱谦益饯行。钱谦益对卢世潅等人的真诚相待十分感动，专门作诗表达感激之情。南归途中，虽因行程匆忙未在德州停留，但是钱谦益留诗五首，其中前四首酬答去年接待自己的东道主程泰，另一首则专门写给谢升。

清朝建立后,钱谦益从南京赶到北京任职。顺治三年(1646)秋,请假回乡调养。在返回常熟途中,钱谦益再次经过德州,并在此停留。这次,卢世㴶拿出了自己撰写的《亡妻谢安人墓志铭》,请钱谦益过目。钱谦益看完后,对该墓志铭作了高度赞扬。恰巧此时,清初被安置到工部担任员外郎的程先贞也刚刚辞职还乡,他将收集到的家藏思陵石墨拿来让钱谦益题诗。期间,钱谦益还为程先贞的《海右陈人集》写了序言。

可以说,钱谦益与德州学者的交往,对提高德州学者的文学水平带来了积极意义。他一生写有吟咏德州与德州人的诗歌四十二首,是名副其实的德州文化友人,从中也可以看出当时德州文风之兴盛。

5. 卢见曾雅雨堂刻书

清代康熙至道光年间,德州有一个家族先后有六人进士及第,为清代德州首屈一指的名门望族,这就是清代大学者卢见曾所在的卢氏家族。

卢见曾一生不仅勤于吏治,"有吏才","所至皆有殊绩",是个典型的循吏,而且爱才好士,擅长诗文,在刻书、藏书方面的成就也很突出。卢见曾主持刊刻的图书皆由雅雨堂刻印,雅雨堂为卢见曾堂号,既是藏书室,也是卢氏私家刻书坊,刊刻了许多珍本古籍,以校刻精良为世人所看重。

卢见曾积极网罗藏书、刻书名家,聘请惠栋、沈大成、戴震、卢文弨等知名学者襄助,从事古籍的校雠、刊刻、流布工作。惠栋以其人品学识深受卢见曾信任与倚重，为其精心校勘了《乾凿度》《唐摭言》《感旧集》等珍贵典籍，汇为《雅雨堂丛书》。这套丛书共收书十三种一百三十八卷，所辑多为汉、魏经说与唐、宋笔记。每种书前均有卢见曾所撰提要一篇，介绍其内容特点、版本源流、学术价值。所录之书"皆世间罕见之本"，校勘精良，保存了许多古籍珍本，学者称可与卢文弨《抱经堂丛书》、黄丕烈《士礼居丛书》相媲美。不少雅雨堂所刻精品，如《郑氏周易》《尚书大传》《经义考》等，都被选收入《四库全书》。

除了自己编刻书籍，卢见曾还尽力帮助当时的学者刊刻了一些重要著作。如他助力补刊朱彝尊的学术名著《经义考》，使成完璧，居功甚伟。朱氏为清初大儒，其《经义考》共有三百卷，起初仅刊刻一百六十七卷。其孙朱稻孙求助于卢见曾，卢见曾阅后，大加赞赏，倡议扬州盐商捐资助刻。他自己率先慷慨捐出俸禄，并嘱托马曰琯相助。马氏礼聘惠栋、陈章、沈大成、江昱等从事校订工作，第二年即全部刻完。卢见曾专门为该书撰写序言，盛赞其书相比前人著作更加繁博精详。

二

江北水城——聊城

聊城为春秋时期齐国西境聊摄之地，是著名的"江北水城""两河明珠"。元代以来，聊城在运河的滋养下，积淀了深厚的运河文化。临清地处卫河、汶河交汇口，商贾云集，形成了独具特色的运河商业文化、民俗文化，具有浓郁的运河市井文化气息；聊城为明清东昌府治，同时也是重要的运河商业城市，光岳楼、山陕会馆、海源阁巍然屹立，成为聊城运河文化的重要标志；张秋、阿城等运河名镇如一颗颗闪亮的明珠贯穿于运河之上，形成了特色鲜明的运河文化景观。

（一）建筑忆繁华

1. 柳佐倡修舍利塔

临清是因运河而兴的著名城市。在临清城西北侧，卫运河蜿蜒北流。在卫河之畔，矗立着一座玲珑高耸的宏伟宝塔，这就是著名的临清舍利宝塔。临清舍利宝塔始建于明万历三十九年（1611），和通州燃灯塔、扬州文峰塔、杭州六和塔并称为

"运河四大名塔"。古老的舍利塔巍峨浑厚、古朴壮观，通高六十一米，九级八面，通体近垂直，仿木结构，刹顶呈将军盔形，集中体现了我国优秀的传统建筑技艺。修建这样一座宏伟宝塔是非常了不起的，临清名人柳佐就是这一工程的主持者。

柳佐于万历十四年（1586）考中进士，担任夏邑知县，后任御史。因"争国本"与御史李宗延、顾际明、袁可立等数人俱被革职，回到临清故乡。他非常关注家乡的文化和教育事业，是临清有名的士绅。当时的临清作为运河名城和商业都会，经济繁荣，文化兴盛，读书应考的士子很多，每次科考都有考中者。万历二十七年（1599），明神宗派宦官马堂在临清钞关征税，马堂横征暴敛，很快激起民变。此后临清经济萧条，社会凋敝，文风渐衰，接连两届科举考试都无人考中。柳佐在当地威望很高，百姓士绅纷纷找他商议。经过讨论，大家决定在临清城北面的汶河、卫河交汇处修建一座宝塔，以保佑临清的文

临清舍利宝塔（周广骞摄）

风重新兴盛起来。议定之后，又公推柳佐主持建塔工程。

柳佐说："修建舍利塔是关系咱们临清未来发展的大事。这几年临清科考无人考中，咱们修建舍利塔，是为了汇聚文气、提振士气、弘扬文风。大家让我来主持修建，为了临清百姓，我一定尽力而为。"万历三十九年（1611），柳佐主持开建舍利宝塔。舍利塔一层门楣石额上刻有"舍利宝塔"四字，落款为"大明万历癸丑岁仲秋吉旦立"。万历癸丑年为万历四十一年（1612），由此可推知舍利塔的修建进度。

柳佐为筹措建塔资金多方劝募，撰写了《修建观世音菩萨塔疏》等，反复宣传修建宝塔对临清的好处，劝导临清的官绅、商贾和百姓踊跃捐资。在柳佐的努力下，大家都对修建舍利宝塔非常热心，纷纷解囊相助。柳佐主持这项工程，数年如一日，劝募捐资，购买物料，不辞劳苦。建塔工人纷纷劝柳佐说："老先生您不用天天来这里，您这样辛苦，我们实在过意不去。"柳佐说："大家公推我主持建塔，这是对我的信任。修建舍利宝塔是临清的大事，我怎么能不尽心呢？"万历四十五年（1617），临清舍利宝塔第五层顺利完工。虽然柳佐没有最终完成舍利塔的修建，但他为修塔付出的努力得到了临清百姓的充分认可，所以后世都称舍利塔为柳佐倡修。

临清舍利宝塔是临清运河商贸和文化兴盛的标志。建成后，每到傍晚都能听到永寿寺悠扬的钟声，"塔岸闻钟"成为古代临清八景之一。古人有很多赞美这座舍利塔的名章佳句，如"上出重霄，下临天地。风生八面，五月清秋""宝塔巍峨柳岸苍，灵收八表意无央，登高凭眺心清旷，风动钟鸣到远方"。描写细腻生动，为临清舍利宝塔增添了不少光彩。

2. 隆性和尚创修海会寺

聊城市境内的阿城镇为水陆通衢，富商大贾辐辏云集，是一座著名的运河城镇。阿城镇商贸兴盛之时，曾有十三家盐商，还设有管理盐业的盐运司。而海会寺的修建就与阿城镇繁荣的商业、便利的水运密切相关。

海会寺地处阿城镇南端，殿宇巍峨、楼阁连亘，寺内古树参天，庄严肃穆。据县志记载，每年春秋两季，海会寺前都会有庙会。庙会上百货云集，买卖兴隆，演戏八日，贸易十余日，有"鲁西盛会"之誉。《创建海会寺碑》记载：清康熙年间，东阿海会庵比丘隆性在金陵募造樟木大佛三尊，沿运河北上，运到阿城后，竟无论如何都抬不动了。隆性又找了几十人抬佛像，可佛像还是纹丝不动。当时周围聚满了围观的百姓，大家都感到很惊异，纷纷说："隆性师父请来的三尊佛像是要留在咱们阿城镇，这可是福佑百姓的大好事呀！还请师父遵从佛祖的意愿。"隆性也很认可大家的想法，便说："既然是佛祖的意思，那就在阿城镇建造寺庙供奉吧。"可这三尊佛像非常高大，阿城镇当时还没有足够大的寺庙可以容纳。阿城商业繁华，商人众多，原来就建有一座祈求生意兴隆的财神庙，这座庙宇颇为高大宽敞。商人们深感佛祖佑护阿城百姓之意，于是决定把财神庙改为佛寺，供奉隆性运来的三尊佛像。

从这之后，隆性和阿城镇当地的商人百姓又继续扩建寺庙。

在隆性虔心礼佛的感召下，阿城镇的商人又捐资修建了海会寺中殿。又有阿城善人主动到镇上的车船等店铺募化，集资修建了海会寺两庑。经过连续几年的不懈努力，海会寺的规模越来越大，名声传得越来越远，成为延续数百年的鲁西名刹。

海会寺建在阿城镇不是偶然的，这离不开阿城镇兴盛的运河商业。《山东通志》记载，阿城镇粮艘如织，帆樯如林，百货流通，人烟稠密，是阳谷、东阿之间的一座名镇。而海会寺也为这座名镇增添了光彩，兴盛的香火一直延续到今天，成为山东运河经贸繁荣与文化融合的重要见证。

3. 蔡士英捐修季子祠

张秋镇是著名的山东运河城镇。在张秋镇南的运河边上，有一座季子祠，这与春秋时期吴国公子季札的一段经历密不可分。春秋时期，季札奉命出使晋国，途经张秋镇，拜访当地徐君。两人一见如故，相谈甚欢。徐君看到季札的佩剑非常精美，说道："您的佩剑能否让我一睹为快？"季札痛快地递过佩剑。徐君一边观看，一边轻轻抚摸，不由得连连赞叹："好剑，好剑！"季札知道徐君喜爱这把剑，但是自己还要出使晋国，必须佩剑才合礼仪，因此就没说什么。第二天，季札登上出使晋国之路，两人依依话别。季札暗暗下定决心："徐君这样喜欢这把剑，等我出使回来，一定要送给他！"完成出使任务之后，季札途经徐国，正想再与徐君把酒言欢，可听到的却是徐君已经去世的噩耗。季札非常悲痛，急忙去徐君墓祭扫，后悔没有早些把宝剑赠予他。离开时，他把宝剑挂在徐君墓前的树上，留下了重义轻千金、一诺不背心的佳话。

时光荏苒，季子挂剑的故事在这片土地上世代流传。为了纪念季札的重义高风，后人在张秋运河边上修建了季子祠。季子祠历代历经了多次重修，而其中一次大修与清初名臣蔡士英密不可分。蔡士英是辽东人，自顺治十二年（1655）起，一直担任漕运总督，兢兢业业，为漕粮顺利北运耗尽了心血。顺治十六年（1659），蔡士英督运漕粮，来到张秋。他久慕季札的品格，在公务之余入祠凭吊。季子祠中有季札、徐君二人的塑像，祠外古木参天，但因多年未加修缮，已经梁栋倾斜、屋椽朽败，一片破败景象。蔡士英对随行的吕振之等人说："季子重承诺，重友情，品格高洁，实在让我们后人敬仰。现在季子祠这样破败，一定要好好修缮才行啊。"说着，他拿出俸禄，带头捐资。吕振之等人深受触动，纷纷说："修缮季子祠，我们也要多多出力！"当地百姓听说后，也都慷慨解囊。很快，重修季子祠的费用凑够了。不少百姓还义务出工出力，感觉能够参与季子祠的修缮非常自豪。很快，新建的季子祠重新矗立在了运河之畔。这座季子祠更加宏伟壮观，让更多沿运来往的人记住了季札挂剑赠友的感人故事。

4. 山陕客商捐建戏楼

山陕会馆地处聊城东昌府区东关古运河西岸，是清中期由山西、陕西客商共同捐资兴建的一座会馆，目的在于祭祀神明，同时也是山陕商人聚会联谊的地方。山陕会馆至今仍保存完好，是聊城运河商贸繁荣的重要见证。

聊城山陕会馆（周广骞摄）

在聊城经商的山陕商人身在异乡，更加怀念桑梓，注重同乡情谊。乾隆八年（1743），他们开始集资修建山陕会馆。大商号行日章老板说："修建山陕会馆是咱们大家的事。我们行日章一定尽力，这次捐银九百两。"各位商人看到行日章老板这样热心，也都受到感染，纷纷解囊捐资。商人们一共凑集了八千余两银子，山陕会馆终于可以动工兴建了。慢工出细活，经过十年的精心修建，壮丽的山陕会馆最终完工。在会馆东部紧邻山门的地方，还修建了一座精美的戏台，这就是山陕会馆戏楼。在后来的日子里，这座戏楼经历了不少沧桑。

时光流转，转眼到了乾隆二十八年（1763）。经过多年的风吹雨打，山陕会馆戏楼明显有些破败。这年演戏结束之后，大家聚在一起商量集资重建戏楼之事。到底是小修小补，还是重新扩建？大家七嘴八舌，争论不休。这时，张裕如站起来说："咱们每年聚会，每年看戏。现在戏楼这样破旧，而且也有些狭窄。咱们要修的话，就要让戏楼上个档次，才能长长久久。"说着，他首先解囊捐资。大家认为张裕如说得有理，也纷纷捐钱重修戏楼，最终共有千余两之多。有了充足的经费，修建山陕会馆戏楼就有了保证。这次重修不仅扩大了戏楼规模，而且还增修了两座看楼，破败的戏楼重新焕发了光彩。

道光二十五年（1845）正月，山陕会馆像从前一样整天演戏。到了晚上，戏楼内外灯火通明，舞台上演员们身姿曼妙，唱腔悠扬，演绎着耳熟能详的故事。商人们聚集在会馆中看戏交谈，放松身心。忽然，戏楼上冒出股股浓烟。"着火啦，着火啦！"大家忙作一团，纷纷打水救火。可是火势实在太大，眨眼之间，戏楼就被大火吞噬。

这次失火，使戏楼被完全烧毁，令山陕商人们痛心不已。他们聚在山陕会馆商议，最后决定，一定要修一座更大更好的戏楼。聊城366位山陕商人共捐白银14800多两，并专门从山西汾阳请来木匠，建造戏楼的木材则直接采自终南山。这次重修的戏楼高大宏伟，东西长77米，南北宽43米，占地面积超过3000平方米，与正殿东西相对。经过这次大规模修缮，山陕会馆戏楼巍然屹立于古运河畔，成为山陕商人联络桑梓、经营商业的重要见证，也反映出他们为运河商业繁荣做出的重要贡献。

5. 杨以增重修光岳楼

在聊城东昌府区古城中央，有一座高大雄伟的光岳楼。光岳楼始建于明洪武七年（1374），是我国现存最高大、最古老的明代楼阁之一，成为聊城运河文化的重要标志。光岳楼是当时东昌卫守御指挥佥事陈镛为战时眺望敌情的需要，用修建东昌古城城垣剩下的木料建成的，所以又叫"余木楼"。光岳楼上设有报时钟鼓，因此又被叫做"鼓楼"。光岳楼建设得巧夺天工、雄伟壮观，康熙皇帝、乾隆皇帝沿运河南巡，曾多次登临，乾隆帝还题写了"光岳楼"匾额。登楼远眺，古运河如同玉带环绕古城，为庄严的光岳楼增添了几分灵秀。

光岳楼是木质建筑，四层主楼没有用一根铁钉，堪称古代建筑的奇迹。这一明代楼阁得以完整地保存至今，除了工匠们精湛的建筑工艺外，也离不开代代聊城人的修理与维护。自明代以来，光岳楼曾多次修缮。也正因如此，光岳楼与聊城大藏书家杨以增结下了不解之缘。

杨以增身上既有儒家入世亲民的品格，又有山东人特有的踏实进取精神。他白道光三年（1822）考中进士起，多年在贵州、湖北做官，受到当地百姓的爱戴。后来因为政绩突出，升任江南河道总督兼漕运总督，与运河结下了不解之缘。他酷爱藏书，是晚清四大藏书楼之一海源阁的创建者。杨以增虽然常年在外做官，但一直眷恋故乡，对家乡文化事业非常重视。道光十八年（1838），杨以增的父亲杨兆煜去世，他回聊城守孝，

44

这一年杨以增已经五十一岁了。他宦游贵州、湖北已近二十年，风霜染白了他的鬓发，杨以增已经不再是那个刚刚考中进士的青年人。当他再次回到阔别已久的家乡，看到故乡的光岳楼，就如同见到老朋友一样亲切。光岳楼距离杨家仅数百米，杨以增小时候经常和小伙伴一起登楼玩耍。回到聊城后，杨以增再次登上光岳楼。雄伟的光岳楼虽仍巍然屹立，但距离上次修缮已经过去九十多年，彩绘剥落，檐角也多有破损，一片衰败之气。看到这一切，杨以增不由得黯然神伤。他对一同登楼的朋友说："光岳楼是咱们聊城的标志，要是现在还不修的话，以后再修就更加困难了，咱们得想想办法啊！"正好他的好友傅绳勋也在家丁忧，杨以增就和他一起向时任东昌府知府祝庆谷建议重新修缮光岳楼。他还主动捐款，作为修缮费用。祝庆谷等聊城官员对这一义举非常支持，也纷纷解囊相助。

聊城光岳楼（王玉朋摄）

聊城是著名的运河商业城市，在聊城经商的山西、陕西商人很多。他们听到修缮光岳楼的消息后踊跃捐资，聊城的士人百姓也纷纷解囊。大家捐款虽然有多有少，但都寄托着对聊城这片热土的深情，也表达了对杨以增情系桑梓的认可与赞扬。在杨以增的倡导下，大家很快凑足了修缮光岳楼的费用。经过能工巧匠的精心修整，古老的光岳楼重新焕发了光彩。

杨以增受众人之托，撰写了《重修光岳楼记》。他说："光岳楼建成已经五百多年了，其磅礴之气滋养着聊城的百姓。作为读书人，在家读书，就要注重孝悌忠信；在外面做官，就要济世为民。只有这样，才能不辜负光岳楼之名啊！"杨以增修缮光岳楼的义举，为聊城这座运河名城增添了神韵和光彩。他所写的碑文至今还保留在光岳楼上，这不仅是有关聊城这座著名楼阁的重要文献，同时也显示出杨以增心怀桑梓、重德为民的可贵精神，值得代代珍惜和传扬。

6. 胡德琳创设启文书院

胡德琳在山东为官多年，曾先后担任济阳县知县、历城县知县、济宁州知州。乾隆三十五年（1770），胡德琳就任东昌府知府，对聊城文化事业的发展做出了很大贡献。胡德琳邀请著名文人周永年等纂修《东昌府志》，保存了大量聊城地域文献。他还曾修葺聊城名园依绿园，为东昌府增色不少。

聊城书院的历史颇为悠久。早在康熙五十八年（1719），就在府学东侧设立了阳平书院，后来又在东昌府城东南新建书院，都对聊城文化事业发展起到了重要作用。胡德琳到任后，多次去阳平书院，并对随行的人说："学子们在书院里读书，可以乐群，可以亲师，可以交友，更容易有所成就。"他看到阳平书院规模很小，房屋开间只有六楹，学生读书颇为拥挤，条件并不算好。他记在心里，想着要尽快修建一座宽敞的书院，供士子们读书。

乾隆三十九年（1774），胡德琳听说孙家胡同的孙氏旧宅要出售，就亲自前去查看。结果发现孙氏旧宅虽破败不堪，但地方宽敞，正适合建造书院。孙家人听说胡德琳要代公家购买这处宅基来修建书院，也都非常支持。胡德琳恳切地说："购买旧宅，新建书院，这是件大好事。我先把积攒的俸禄拿出来，也希望大家能踊跃捐资，好让书院早日开工。"东昌府和聊城县的官员看到胡德琳带头捐款，也都纷纷集资兴学。聊城百姓看到后，也很受感染，纷纷说："这是关系家乡文运的大事，我们也要尽一份力！"在大家的共同努力下，很快凑足了建造书院的费用，启文书院破土动工。

书院落成之后，胡德琳亲自在大门上题写了"启文"两个大字。别人问他这个名字的含义，胡德琳回答道："孔老夫子提出文、行、忠、信'四教'，而'四教'以'文'为首。学生学习，要每天都能启迪心智，获得新知，才能真正成才。"为了办好启文书院，胡德琳延请品格高、有学问的宿儒担任老师，选拔东昌府内优秀的学子入学。他说："现在学子读书是为了科举，但是我对学子的期望还不止于此。过去东昌府的学子没有这么好的条件，都能刻苦学习。现在更要树立志向，潜心学习，这样才能振兴东昌文风啊！"胡德琳建立启文书院，为聊城学风的兴盛发挥了很大作用，对聊城文化事业的发展产生了深远影响。

7. 杨氏守护海源阁

在美丽的东昌古城的西南角，有一个古色古香的院落，那是著名的晚清四大私人藏书楼之一——海源阁。海源阁前有一副楹联："食荐四时新俎豆，书藏万卷小琅嬛"。由此可见杨氏藏书的旨趣和精神。

杨以增生于书香世家，父亲杨兆煜考中举人后，曾担任即墨县教谕，非常喜欢读书藏书。杨以增自幼受到家庭熏陶，他一面为官，一面藏书，收藏宋元珍本古籍成为他最大的爱好和毕生的追求。杨以增于道光二十八年（1848）担任江南河道总督。不久之后，太平天国起义军打到南京，社会动荡不安。江南藏书家的许多珍贵藏书纷纷散出，时有旧家子弟来往于淮河上下，出售家中藏书。杨以增对儿子杨绍和说："现在兵荒马乱，你和包世臣等先生一定要多多留意，只要是有旧家卖书的，就要多买些回来，以免这些善本毁于兵火。"杨绍和把杨以增的话记在心里，多方留意，购买了大量珍贵图书。咸丰三年（1853），为了更好地保存这些古籍，杨以增嘱咐杨绍和把包括宋本《史记》在内的大批善本通过大运河运回山东。

后来杨以增积劳成疾，在江南河道总督任内去世，继续杨家藏书事业的重担就落在了杨绍和身上。他在北京担任内阁中书时，忽然听到咸丰帝去世后，顾命八大臣倒台、怡亲王也受到牵连的消息。一天，杨绍和在琉璃厂看书，忽然发现大量从怡亲王府书库明善堂散出的珍贵古籍。明善堂藏书以精善著称，平时深藏王府之内，外人无从见到。现在竟然在书店看到，真是难得的藏书机遇。他如获至宝，激动地说："父亲多次教导我，要多多藏书、读书。我一定要按他老人家的话去做！"他多方筹款，收购了大量明善堂藏书。其中珍贵的宋本《证类本草》就是这时入藏海源阁的。

聊城海源阁（周广骞摄）

后来，杨绍和的儿子杨保彝、孙子杨承训也为保存海源阁藏书呕心沥血。杨保彝曾在总理各国事务衙门任职，看到社会局势越发动荡，不禁忧心忡忡。为了更好地保护海源阁藏书，他花费大量心血，编撰了《海源阁书目》，详细记述藏书的书名、卷数等信息，为海源阁藏书保留了珍贵的基础文献。到了民国时期，聊城多次遭到土匪骚扰，杨承训决定把海源阁藏书运到天津保护起来。他对母亲说："海源阁的藏书这样珍贵，千万不能毁在我的手里。这些珍本在聊城太不安全了，还是运到天津更为妥当。"他悄悄雇人制作了几十个大木箱，冒着大雪，挑选海源阁最为精善的藏书，装车运到济南，再辗转运到天津。这些藏书后来大部分入藏国家图书馆，成为国家图书馆珍本古籍的重要来源。1972年，日本首相田中角荣访华，毛泽东主席赠给他一套影印本《楚辞集注》，其底本就是杨氏海源阁旧藏宋本。杨氏四代人爱书、护书，成就了一段藏书佳话。

（二）名人品格高

1. 羊使君舍身救民

在聊城东昌古城东门外米市街中段偏南，有一条东西走向、西起米市街、东至双街，向东一直延伸至运河岸边的曲折狭窄的小街。这条街道长约二百米，宽五六米，这就是有名的羊使君街，当地的居民们习惯称它为"羊君巷"或"羊子巷"。

羊使君街得名于五代十国时期的一位地方官。那时聊城称博州，隋唐时期大运河北段的永济渠从聊城西部流过，而对博州影响最大的是黄河决口带来的大洪水，羊使君的事迹就与这滔滔洪水有关。羊使君是当时博州一位勤政爱民的好官，深得百姓爱戴。后晋开运二年（945），河水泛滥，堤坝被洪水冲刷浸泡，逐渐坍塌，博州城危在旦夕。羊使君率领百姓昼夜加固堤防，接连几天没有合眼。可是水势越来越大，丝毫没有减退的迹象，全城百姓命悬一线。有人劝羊使君说："这洪水太大了，堤坝随时可能塌方，您还是赶快离开这里吧！"但是羊使君丝毫不为所动，还是竭尽全力地抢救堤防，终于因为过度疲惫昏了过去。在梦中，他到处游荡，见到了一位天神。这位天神告诉他："你是个爱民的好官。这次洪水来势凶猛，只有你用自己的身体堵住决口，才能保住百姓。你能舍弃自己的生命吗？"

羊使君惊醒过来，看到水势更大了，浪头汹涌，漫过河堤，有一处低矮的地方已经冲开了口子，大堤马上就要决口了。羊使君大喊一声："不要伤害这里的百姓！大家一定要堵住决口，千万不要退缩啊！"说着，他纵身跳入洪水之中，用自己的身体堵住决口，羊使君一下子就被吸进了漩涡。可奇怪的是，水势忽然平稳了，甚至有了消减的迹象。大家从震惊中回过神来，纷纷冲上前去，一边哭喊着羊使君的名字，一边拼命堵住即将决口的堤防……大堤保住了，百姓的生命保住了，可羊使君却牺牲了自己的生命。

聊城百姓都认为羊使君为救大家用血肉之躯投水堵口，死后已经化为神仙，仍在保佑这一方百姓。大家感念羊使君的恩德，在城内建立了羊使君祠来祭拜他。随着时光的流逝，羊使君祠已经不存在了，而祠下的东西长街和羊子巷如今还在。无论是祠堂还是街道名称，都表达了人民群众对清官循吏亲民爱民的称颂。后人赞扬羊使君"身为牺牲，祷于洪水，洪水无知，没而后已。民思其人，立祠以祀"，对他爱民奉献的精神给予了极高的评价。

2. 李梓为官恤商民

明清时期，朝廷为了增加收入，先后在淮安、临清等地设立钞关，负责督理运河商税。明宣德四年（1429），临清设立钞关。宣德十年（1435），临清钞关升为户部榷税分司，由户部直接管理。在临清钞关数百年的历史中，涌现出了一大批爱民恤民的清官、好官，李梓就是其中的一位。

临清运河钞关（郑民德摄）

李梓，别号养宇，陕西泾阳人。明万历年间曾任户部主事，张居正是他的老师，在勤政爱民方面给了他很深的影响。万历二十年（1592），李梓奉命来临清管理钞关。到明万历年间，临清钞关每年征收的船料商税最高曾达八万八千余两，超过京师崇文门钞关，居全国八大钞关之首，所征税额占全国课税总额的四分之一。李梓在管理临清钞关的过程中，发现钞关虽能带来滚滚财政收入，但钞关官吏横征暴敛的情况也时有发生，客商怨声载道，百姓困苦不堪。如何规范收税、体恤民情，成了他首先考虑的问题。

一天，他当着属下的面取出一只玉壶，摆在大堂前。百姓看到后，都觉着很惊奇。李梓手下的官吏不由得窃窃私语："李大人在堂前摆放玉壶，到底是什么意思？"李梓说："为人做官，要如同玉壶一样洁白无瑕、一尘不染，才能得到民心。"显示出其清廉为官、秉公办事的品格。为了革除征税中的弊病，他秉承其师张居正"扫无用之虚词，求躬行之实效"的务实作风，反对迂腐空疏、只尚空谈的理学之风，严格落实征税标准，对征税的细微之处也都一一清查明白，绝不给手下官员勒索百姓留下空子。李梓非常关心百姓疾苦，他说："收税是为了增加国库收入。商人们携带金钱货物，栉风沐雨来到这里，要是征税过重，让商民不堪重负，那就是执政者的过错了。"因此，他将不应征收的苛捐杂税全部免除，大大减轻了商贾负担，临清商业也因此更加繁荣。商业规模扩大了，所收税金比原来更多。这样一来，既维护了百姓利益，也保证了国家税收，取得了很好的效果。

李梓对属吏的要求非常严格，反复告诫他们说："大家是朝廷委任的官员，担负着为国收税、保护商民的责任。柴米油盐等生活之资，一丝一毫都不许勒索百姓。"李梓要求属下廉洁，他自己更是做好表率。在临清钞关内，至今还树立着一通

《计部李公德政序碑》，记述他"米盐锜釜之赀，不取于下民"的作风。正是因为他注重廉洁从政，因此"行商无口售其巧，愚民无所肆其诈，而法愈明饬"。一时间，临清钞关的风气为之一振，李梓的政绩也得到了临清商民百姓的认可。

3. 王朝佐勇斗马堂

临清钞关位于鳌头矶南约三百米处的大运河西岸，始建于明宣德四年（1429），是明清两代中央政府派驻临清专门督理运河商税的直属机构，距今已经近六百年的历史了。万历二十七年（1599），临清钞关爆发了一件震惊朝野的大事，那就是王朝佐抗税的斗争。

从万历二十四年（1596）起，万历皇帝派出大批亲信宦官，分赴全国各地充当"矿监""税使"，大肆搜刮民脂民膏。矿监税使到达地方后，以贡献皇帝为名，依权仗势、为非作歹、贪赃妄为、鱼肉百姓。年收税额最高的临清钞关，更逃脱不了征税官吏横征暴敛的厄运。万历二十七年（1599），神宗命天津税监马堂兼管临清。马堂到达临清后，便在城区和水路要道设立重重税卡，建立衙署，网罗党羽数百人，在光天化日之下抢夺别人的财物。原来临清钞关杂粮十石以下及小本生意一律不抽税，但马堂等一伙却规定，凡肩挑背负、贩卖米豆等小本生意都要抽税。有的农夫村妇拿着斗粟尺布相交易，也要收税。百姓稍有不从，就被没收财物，甚至拘捕剃发、充当苦役，以致肩挑贩卖的小商贩不敢进城，远近罢市，中产之家有一半破产，临清这座因运河繁华兴盛起来的城市也迅速衰落下来。

王朝佐是一个编筐工匠，平生仗义，不畏强暴。他出于义愤，率众到税署衙门，要求见马堂申诉。马堂见临清民众群情激愤，吓得不敢露面，却暗中指使弓箭手射伤多名百姓，临清百姓被彻底激怒了。

临清王朝佐烈士神道碑（周广骞摄）

大家高喊："杀人偿命！打死税监马堂！"群起冲向衙门，杀死马堂爪牙三十七人，并放火焚烧了税署。马堂惊慌失措，趁乱仓皇逃走。

神宗被迫撤回马堂，并令巡抚刘易从去临清"查办倡乱者"。刘易从来到临清后，到处抓人，牵连了很多百姓。一时间临清人人自危，到处弥漫着恐怖的气氛。在这个紧要关头，王朝佐为了保护反抗群众，大义凛然地挺身而出，自认是抗税首领，并大声说道："我就是带头的人，请让我独自来承担，不要累及无辜百姓。"王朝佐就义时面无惧色，神色凛然。围观的百姓被他的义举深深感染，纷纷留下热泪。后来，临清商民百姓追念他挺身而出的义举，建立了王烈士祠堂。道光三十年（1850），当地官员又捐款重修，并立碑纪念他的义举。

4. 陈玑一文不沾

　　明代曾经主持临清钞关管理事务的陈玑，是一位以清廉著称的官员。他于嘉靖二年（1523）考中进士，曾先后担任任县知县汉中知府、湖广按察司副使等。陈玑主持临清钞关税务期间，每年经手的税金数量非常巨大，这对官员的操守与品格提出了很高的要求。

　　陈玑为官，注重清白廉洁。他在《风宪里陈氏族训》中，从孝父母、友兄弟、教子女、敦宗族、正婚嫁、亲师友、敬尊长、肃家风、求学问、勤职业、节财用等方面对族人的言行加以规范，时至今日，仍有很强的教育意义。比如，陈玑训诫族人要重视对子女的教育："若养而不教，教不以正，甚至把姑息当作爱宠，使子女养成骄惰的习惯。这样日甚一日，就不可救药了！"他还训诫族人，当官不可当祸国殃民的官，要当解民倒悬的官，否则祖宗的清誉都会受到玷辱。

　　在临清钞关任上，陈玑仍然一如既往地保持着廉洁的品格。有时个别商人想少交税银，托关系找陈玑打点。陈玑严肃地说："我们陈家代代都以清白做人、务实做事为荣。我原来在任县为官的时候，正好碰到洪水泛滥。我带领百姓治河，虽然辛苦，但是心里踏实愉快。要是放任商人经商少交税银，对我来说，就是失职；对我的家族来说，就是不能遵从长辈的教诲。"来说情的人听了之后，心中十分愧疚。商人们听说后，都对陈玑非常佩服，也就更加自觉地遵章交税了。

时间一长，又有人找到陈玑的上司，暗示陈玑收税时加以照顾。甚至还有官员觉得临清钞关收税多，想趁机仗势勒索。但陈玑始终坚持原则，注重身体力行，亲作表率。他说："我们是代国家收税，每一文税金都是百姓的脂膏、国家的财富，绝不能动半点利用税金中饱私囊的念头。"陈玑在管理临清钞关期间，勤勉敬业，恪尽职守，清廉自持。临清百姓看到陈玑清廉为官，纷纷赞他"千金经手过，不沾一文钱"。在陈玑的努力下，临清钞关的运转顺畅高效、有条不紊，实现了公私两便，陈玑也因其担当、责任与政绩，赢得了临清百姓的深深爱戴。

5.傅以渐赋诗让地

清朝建立的第三年，也就是顺治三年（1646），举行了清朝开国后第一次殿试。聊城有一位衣着朴素的年轻人参加了这次考试，并考中状元，他就是聊城百年望族傅氏家族的著名人物——傅以渐。

傅以渐幼年家境清贫，但他天资聪慧，勤奋苦学。考中状元后，他曾担任《明史》纂修官，后又担任秘书院侍讲学士、少詹事。顺治十五年（1658），傅以渐担任太子太保、武英殿大学士兼户部尚书。他注重德行，发生在他身上的逸闻趣事很多，聊城仁义胡同的故事就是其中流传较广的一个。

仁义胡同又叫"六尺胡同"，位于山东省聊城市东昌府区东关大街傅斯年陈列馆（傅氏祠堂）东侧。这条胡同为青石铺筑，胡同南首建有一座木质牌坊，上书"仁义胡同"四个大字。据

东昌府区仁义胡同（周广骞摄）

说傅以渐考中状元、在朝廷做了大官后，傅家也渐渐风光起来。四邻八乡的百姓只要看到傅家的人，都会称赞一番。东昌府、聊城县的各级官员也是傅家的座上客，经常拜访。时间一长，傅家上上下下不由得有些飘飘然，渐渐变得趾高气扬起来。

傅家祠堂原来和当地百姓的宅基挨得很近，随着傅家蒸蒸日上，便想着扩建祠堂，因此就向外扩了几尺地。这本来不是什么大事，但是邻居觉得傅家是仗着傅以渐在京城做官，才敢抢占地基，实在咽不下这口气，就多次到傅家理论。傅家不肯让步，这位邻居也越想越气，两家互不相让，最后闹到聊城县衙，递状子，打官司。他们各说各的理，聊城县官非常为难：傅以渐在京城做官，实在不敢得罪；但若判傅家有理，又担心百姓说他和傅家官官相护，仗势欺人。因此拖了好长时间，也没有审问明白。

傅家人心里着急，就写了一封信送到京城，希望傅以渐凭借自己的地位和威望，给聊城地方官施加压力，以便尽快判案结案。傅以渐收到来信，得知家人意思，深感不当。他马上写了一封回信，并让来京送信的人赶快带信回乡。家人迫不及待地拆开信，本以为傅以渐会支持他们，谁知信上就写了一首诗："千里来书为堵墙，让他三尺又何妨？万里长城今犹在，不见当年秦始皇。"

傅家人看到回信，明白了傅以渐的用意，感到非常惭愧。他们急忙撤回诉状，主动让出三尺宅基地与邻居和解。邻居见傅家撤诉让地，开始感到莫名其妙。后来一打听，才知道是傅以渐的意思。邻居见傅家如此仁义，十分感动，也主动将自家宅基地让出三尺，于是便有了傅氏祠堂西邻的这条六尺胡同，又名"六尺巷"。后来，康熙皇帝南巡路过聊城，得知此事，又了解到傅以渐告老还乡后为乡里做了许多有利于地方百姓的义事，顿生褒奖之心，于是挥笔题写了"仁义胡同"四个字，保留至今。

时光荏苒，岁月流逝，古老的聊城也历经沧桑。但仁义胡同旧貌依然，它的故事代代相传，仁义、礼让、友善、和睦的淳朴民风也在聊城世代相承。

6. "老残"寻书东昌府

明清两朝是我国古代小说创作的兴盛期，聊城作为运河孕育的著名城市，曾多次出现在小说中。这些小说也成为对明清时期聊城运河风貌的传神记述。晚清时期，刘鹗创作了一部描写生动、影响深远的小说——《老残游记》。这部小说以一位走方郎中"老残"的游历为主线，深刻书写了晚清社会生活。

刘鹗曾在山东生活多年，还精通水利，为时任山东巡抚张曜治理黄河出谋划策。他有很高的文化修养，是我国甲骨文研究的先驱者之一。《老残游记》中的老残身上其实就有刘鹗本人的影子。老残游历山东，跟随他的足迹，可以清晰地看到清末山东的社会生活面貌。在《老残游记》中，就有对聊城书店业和藏书家的生动记述。刘鹗通过小说这种艺术形式，展现了聊城浓郁的书香文化。

老残在东昌府访书，在书店内与掌柜闲聊，掌柜先是评价聊城经济繁华："我们这东昌府，文风最著名的。所管十县地方，俗名叫做'十美图'，无一县不是家家富足、户户弦歌。"聊城文风兴盛、商场广阔，这是聊城书店业发展兴盛的重要原因。掌柜接着说："济南省城，那是大地方，不用说，若要说黄河以北，就要算我们小号是第一家大书店了。别的城池里都没有专门的书店，大半在杂货铺里带卖书。所有方圆二三百里，学堂里用的《三》《百》《千》《千》，都是在小号里贩得去的，一年要销上万本呢。"由此可见聊城书业的兴盛。

两人还聊到聊城当地著名的藏书家柳小惠。老残问道："当年他老太爷做过我们的漕台，听说他家收藏的书极多。……我想开一开眼界，不知道有法可以看得见吗？"这里的"柳小惠"借用了山东古代名人"柳下惠"之名，其实指的是聊城杨氏海源阁的第二代主人杨绍和。"柳""杨"二字相对，也可以看出端倪。掌柜说："柳家是俺们这儿第一个大人家，怎么不知道呢！……听说他家书多的很，都是用大板箱装着，只怕有好几百箱子呢，堆在个大楼上，永远没有人去问他"。这里的"大楼"指的就是聊城著名的藏书楼——海源阁。老残在聊城又住了两天，多方打听，才知道这海源阁的藏书管理极为严格，"确系关锁在大箱子内，不但外人见不着，就是他族中人，亦不能得见"。老残十分失望，提笔在墙上写了一首诗："沧苇遵王士礼居，艺芸精舍四家书。一齐归入东昌府，深锁嫏嬛饱蠹鱼！"

老残此次东昌府访书，未能登楼读书，心中颇为遗憾。刘鹗用真实生动的小说笔法，描写了晚清时期聊城文化的繁荣。聊城书店业售卖书籍之多、影响之大，得益于聊城运河商业的兴盛和运河交通的便利。杨式海源阁管理严格，老残难以登阁读书，这从另一个侧面也反映出海源阁藏书之精、管理之严。也正因杨家几代藏书家的精心呵护，这些珍贵的宋元本古籍才得以躲过晚清以来的多次战乱，安然保留至今。杨氏海源阁在老残眼中过于严格封闭的管理模式，实际上为传承中华文化发挥了重要的作用，值得认可与肯定。

7. 武训行乞办义学

堂邑县是大运河山东段流经的一座普通县城，也是晚清"奇丐"武训的故乡。武训出身贫寒，靠当雇工、出苦力为生。他给雇主做工三年，雇主欺侮他不认字，谎称已经支给他三年的工钱。武训去争辩，却遭到毒打。咸丰九年（1859），吃尽文盲苦头的武训下定决心创办义学，坚定地走上了行乞办学的艰辛道路。这一年，他刚满二十一岁。武训行乞讨来衣服、饭食，自己舍不得吃，设法卖掉换钱，自己则吃最粗劣的食物。他还乐观地边吃边唱："吃杂物，能当饭，省钱修个义学院！"他白天乞讨，晚上绩麻纺线，边做活边唱："拾线头，缠线蛋，一心修个义学院；缠线蛋，接线头，修个义学不犯愁。"

武训行乞的脚步遍及堂邑、聊城、临清、茌平等地。运河两岸本来就是文风较为兴盛的地方，读书风气很浓。虽然有很多人上不起学，但大家对读书学习都很认可。越来越多的人被武训坚韧不拔行乞办学的精神感动了，都愿意施舍钱物。武训积少成多，离修建义学的目标越来越近了。堂邑县的杨举人是当地名人，他也被武训的精神深深感动，热心地帮他管理兴学经费，并助他办学。经过数十个寒暑的不懈努力，武训终于攒够了修建义学的费用。有人劝他先娶妻生子，武训坚定地说："不娶妻，不生子，修个义学才无私！"

光绪十四年（1888），武训在堂邑县柳林镇东门外建起第一所义学，取名"崇贤义塾"。这是他数十年心血的结晶。平日，他常来义塾探视，对勤于教课的老师，他跪叩感谢；对懈怠懒惰的老师，他便默默跪在床前，求其认真教书。一次，义学老师午觉睡过了头，学生在学堂内打闹。武训来到老师房前，跪下唱道："先生睡觉，学生胡闹，我来跪求，一了百了。"老师听后十分惭愧，再也不敢疏懒。对不认真学习的学生，他也下跪泣劝："读书不用功，回家无脸见父兄。"义塾老师和学生都被武训的无私深深感动，严守学规，不敢有丝毫懈怠。武训凭借自己的执着和努力，成就了山东教育史上的一段佳话。

（三）民间技艺精

1. 申孝生弘扬肘捶

肘捶是一种内外兼修、刚柔并重的民间拳法，具有悠久的历史，主要流行于山东、河北一带。肘捶因能巧妙使用多种肘法、拳法而得名，受到鲁西、冀东等地人民的喜爱。2011 年 5 月，临清肘捶入选第三批国家级非物质文化遗产名录，成为运河流域闪亮的文化名片。

肘捶创始人张东槐毕生致力于研习武学。他生活在晚清时期，成年后游历四方，以武会友，创造出立意精深、法度严谨、简明实用的肘捶拳法。肘捶主要有十趟捶、四季捶、八方捶等。双拳要前后左右兼顾、上下呼应，有招有架、攻中寓防、攻防结合。肘捶得到了人民群众的广泛喜爱，练习者越来越多。

申孝生生于 1944 年，是临清肘捶的第五代传人。在临清流传着一句话：欲入武门中，先练（临清）潭腿功。申孝生也遵循这个习武的路子。他七岁拜在临清潭腿名家张子龙门下，练习潭腿和查拳；练到十五岁时，师父将他送到临清摔跤名师洪泽普那里学习摔跤。直到 1972 年，二十七岁的他才得以进入肘捶门派，成为临清肘捶第四代传人张铎、胡世铭的入室弟子。深入学习肘捶后，他得知师父们也只学了肘捶新十趟的前五趟。后来从师父那里得知，北京周子岩老人掌握了全部肘捶套路。于是申孝生前后四次进京，在周子岩的指点下，学完了临清肘捶十趟捶的后五趟拳法。他感慨地说："要不是我上京找到周师爷，恐怕这临清肘捶就失传了。"通过多年努力，申孝生将新老十趟肘捶全部掌握熟练，并且整理成书。

申孝生在回顾自己练习肘捶的历程时说，自己练拳几十年，体会是拳皮好学，心法不易学，肘捶的一些心法不到成年理解不了。为了把肘捶前辈们当年言传身教的拳法心得记录下来，申孝生1972年开始着手将其整理成文字。由于平时还要兼顾生计，只能挤出空闲时间来整理，这一整理就花了三十多年。前辈传下来的口诀往往拗口，申孝生在进行整理时，尽量写得深入浅出。

在申孝生的不懈努力下，临清肘捶得到了很大的发展，影响力也越来越大。目前，肘捶已经成为临清独具特色的运河非遗名片，为促进全民健身运动的开展起到了积极的推动作用。

2. 栾喜魁传承木版年画

东昌府木版年画起源于明代。当时东昌府成为京杭运河沿岸的重要商埠，商业的繁荣带来了文化的兴盛，东昌府木版年画也随之发展起来。东昌府木版年画制作主要分布在山东省聊城市东昌府古城区内的东关街、清孝街，堂邑镇的许堤口和梁水镇的大赵等村镇。表现内容既有现实生活、历史人物、戏曲故事和神话传说，又有福、禄、寿、喜等祥瑞主题。

2008年，东昌府木版年画入选第二批国家级非物质文化遗产名录。东昌木版年画传承人栾喜魁是堂邑镇许堤口村人。他出生在木版年画雕刻世家，自幼就

聊城木版年画（周广骞摄）

喜爱传统美术和木版雕刻技艺。栾喜奎从十五岁起，就跟随父亲栾秀岚学习木版雕刻，短短一年的工夫便学会了传统雕刻技艺，并能独立刻版。栾喜奎痴迷于木版年画，善于揣摩，又有家庭的熏陶，技艺不断成熟，很快成为闻名乡里的刻版高手，受到东昌府多个年画作坊的青睐。栾喜奎深知木版年画的活力最终来源于社会的认可与接纳。他说："年画就在老百姓的生活中。要让百姓喜欢看、喜欢贴，才是好年画。"改革开放之初，他就开办了年画刻版店铺，专门承接各种年画的木版雕刻工作。1987年，栾喜魁回到堂邑镇许堤口村刻制年画木版，每年都有不少客户前来请他刻版。

经过多年的钻研与实践，栾喜魁所刻年画既保持了东昌

木版年画的特点，又形成了自己的风格。他刻制的画版取材非常广泛，有描绘劳动生产的耕织图，有家喻户晓的戏曲故事、民间传说，有的则是包含福禄吉庆寓意的吉利画。栾喜奎刻制的画版线条刚劲流畅、圆润自然、弧中有直、柔中有刚，画面构图简洁、整体感强，人物造型生动夸张。

雕刻木版年画是栾喜奎生活的主线，他一辈子光刻版就刻了几千块。栾喜奎非常注重木版年画技艺的传承。他悉心指导儿子栾占海雕刻木版年画，现在栾占海已经成为东昌府栾氏木版年画的第六代传承人，连孙子也学会了刻版。栾喜奎还打破了木版雕刻技艺传男不传女的规矩。他说："木版年画技艺的传承最重要。只要有爱好者想学，我就热心教授。"2013年，栾喜魁成立木版年画传习所，集中收藏展示年画样品三百余种、年画画版四十余套，免费为每位木版年画爱好者提供讲解，热心传承东昌木版年画技艺。

3. 李玉成创新东昌葫芦雕刻

东昌葫芦雕刻工艺的传承，以聊城市东昌府区堂邑镇为中心。聊城自古就有用雕刻葫芦蓄养蝈蝈的传统。明清时期，东昌府舟车来往，商贾云集，带有浓郁地方特色的雕刻葫芦就成为运河两岸农家重要的商贸产品。在历代葫芦雕刻艺人的坚持和努力下，东昌府雕刻葫芦的影响越来越大，2008年，聊城市东昌葫芦雕刻技艺被列入第二批国家级非物质文化遗产名录。

聊城市东昌府区闫寺街道李什庄的葫芦雕刻已有近六百年的历史。据记载，李什庄的东昌葫芦最南卖到两广地区，最北卖到了黑龙江。东昌葫芦雕刻传承人李玉成就是闫寺街道李什庄人。李玉成自幼喜爱葫芦雕刻，他说："雕刻葫芦是个精细活，很枯燥，有时一坐就是一天。小葫芦要雕一天半，大葫芦要雕上七八天。"

雕刻葫芦原本十分辛苦，但是出于浓厚的兴趣，李玉成却觉得苦中有乐，很有趣味。他在继承传统葫芦雕刻技艺的同时，也很会动脑子："非遗传承不光靠市场，更要靠创新。"经过多年的潜心钻研，李玉成不断创新，逐渐形成了鲜明的个人风格。他说："原来雕刻葫芦刀工单一，现在不光有刀刻，还有炮烙、镂空、平涂。过去主要是雕刻戏剧人物，现在题材不仅有人物，还有花鸟虫鱼、吉祥图案。"

功夫不负有心人。经过多年的精雕细琢，李玉成逐渐成为国家级非物质文化遗产东昌雕刻葫芦的代表性传承人。李玉成雕刻的葫芦线条流畅自然、图案丰富典雅，洋溢着浓郁的乡土气息。他的葫芦雕刻作品曾多次入选参加国家、省、市的展览与展演，他本人也曾荣获"山东省传统技艺大师"、首届"山东省齐鲁文化之星"、"山东省文化行业高技能人才"等荣誉称号。2010年，李玉成应邀赴法国巴黎参加"孔子文化周"，在教科文组织总部展演葫芦雕刻技艺，并把作品作为礼物送给法国前总理拉法兰，将东昌葫芦展示给世界。

看到自己的葫芦雕刻作品得到了社会各界的认可和喜爱，李玉成很欣慰。他说，以后不仅要扩大影响，还要留下精品，

"以后我要创作成系列，留存下一批精品。"他想用葫芦雕刻系列作品展现传统京剧剧目和古典名著，作为东昌葫芦雕刻的样板加以保存和展示，让更多的人了解和喜爱东昌葫芦雕刻技艺，让东昌雕刻葫芦走进更多人的生活。

三

河湖名城——东平

大运河东平段全长约四十公里，是元代以来京杭大运河的重要组成部分。东平运河沿线现保存有戴村坝、安山闸、戴庙闸、水柜东平湖等水利文化遗产，这些文化遗产曾为大运河的畅通和繁荣发挥过重要作用。运河的流经带动了沿线城镇的兴起，州城镇、安山镇、戴庙集等是其中的典型代表。运河的通航促进了东平经济文化的发展，在运河文化的滋润和影响下，东平境内名胜古迹众多、文化名人辈出、文学艺术百花齐放，东平也因此成为学者云集、文风兴盛的历史文化名城。运河为东平留下了一笔巨大的历史文化遗产，无论是在过去还是现在，都给这座城市增添了无尽活力。

（一）城镇建筑

1. 姚铉筑东平新城

　　姚铉（968—1020），字宝之，庐州合肥（今安徽合肥）人。在担任河东转运使期间，他曾专门向皇帝上奏说："我在地方任职期间，曾见到各地不同的官员。那些廉明公正、尽忠职守为百姓带来好处的，就应该奖励、表彰和宣传；但那些狡诈的贪官污吏，则应该革除官职、严惩重罚。这是圣人的格言，也是国家当务之急。"朝廷颁诏，准许了姚铉的奏疏。

宋真宗咸平三年（1000）五月，桀骜不驯的黄河突然在郓州（今山东东平）东南方向的王陵埽撕开一个口子，奔腾的洪水像脱缰的野马般冲进巨野，流入淮河、泗水，直逼郓州城。当时的郓州城位于现在东平湖内的埠子坡，是唐宋时期天平军节度使、郓州、须昌县的治所驻地，为一方重镇。这次洪水之前，有一条叫"赤水"的黄河支流（位于今东阿县北）经常泛滥成灾，使得郓州不断遭受水患。这次黄河水势悍激，肆虐的洪水溢满郓州城内，官署民房纷纷倒塌，家园顿成泽国。知州马襄、通判孔勖等因防守不力被撤职，姚铉在此危难之际出任郓州知州。

面对此时的水势，宋真宗与大臣们商议长远之计，决定迁移城中百姓，另筑新城躲避水患。于是，派遣工部郎中陈若拙、内侍副都知阎承翰两人前去谋划处置。陈若拙于郓州实地勘查，上奏请求迁城于旧城东南十五里阳乡的高原，并对新城进行了规划。

六月，郓州迁徙至原址东南十五里的汶阳（今州城街道驻地）高原地带。姚铉临危受命，奉旨修建新城。乾隆《东平州志》记载，新城"本筑土为之，形如方胜，南北各一门，东西各二门。"所谓"形如方胜"，就是形状像"方胜纹"，即由两个菱形压角相叠组成的图案。方胜原为古代妇女的发饰，后期经演变有了"胜利""同心"的寓意。

郓州新城于咸平三年（1000）八月开建，集中人力物力，昼夜施工，到次年五月，一座周长二十四里的巍峨城池拔地而起。宋真宗命翰林学士梁周翰作《新移郓州碑铭》，勒碑刻铭，立于城中。姚铉在其所上《迁移郓州谢表》中写道："倏移城郭，直疑游仙人之宫；竞创室庐，皆谓入华胥之国"，以此来赞美新城的精致与壮阔。其在危难之时勇于承担大任、及时处理政务、认真务实的作风也受到当地百姓的赞颂。

2. 沈维基重修州城

东平州城自北宋咸平三年（1000）由知州姚铉奉旨移建新址后，其城墙皆为土筑，而土城在坚固性方面远不如石城、砖城，故元明以来，屡次加以重修。明洪熙元年（1425），知州李湘沿城墙旧址对州城进行了重新修筑。万历五年（1577），知州邱如嵩看到城垣坍损，开办官窑烧砖，征发民夫务工，历经数月，州城修葺一新。崇祯五年（1632）四月，时任分守东兖道的陆梦龙会同知州常维翰再次重修。崇祯十二年（1640），知州王奠民率领乡绅分段认修，其中杨膏先、杨膏照兄弟二人负责修筑大东门至东北城角一段。在他们的努力下，城墙垛口变得更加坚固。

清乾隆二十一年（1756），东平州夏秋季节阴雨连绵，城内多处积水严重，城堤和城门也在雨水的冲刷下不断坍塌，城内一片狼藉。乾隆三十三年（1768），时任东平州知州沈维基万分焦急，请求山东巡抚派人前来勘测。山东巡抚崔应阶等人先后赶来，经过一番勘测，他们认为城西虽然面积很大，但是地势低洼，并且居民也不多，因此决定将西面的城墙基址向内缩进二里三分，用砖重新建筑城墙。作出决定后，后续各项具体事宜便交给了知州沈维基。

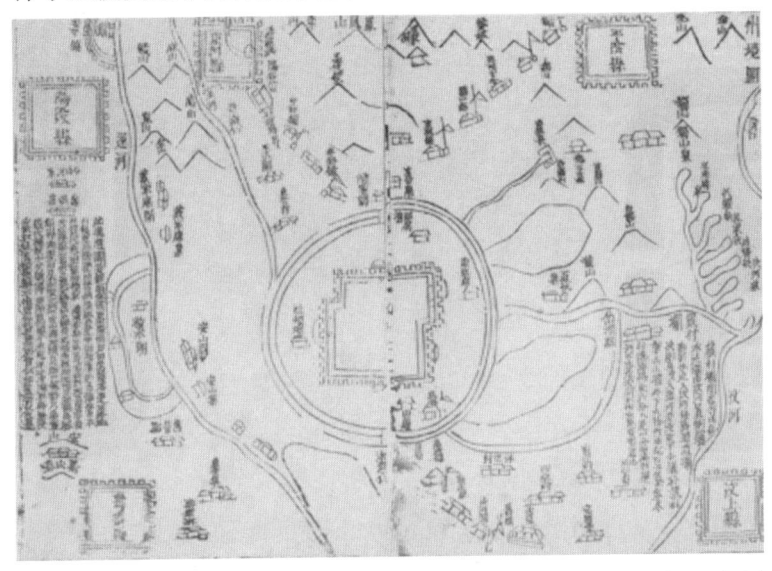

清代东平州境全图（乾隆《东平州志》）

乾隆三十四年（1769）三月二十七日，工程紧锣密鼓地展开了。在工程建设期间，沈维基亲自监工，材料的募集及指挥施工等事项都由他全权负责、亲自执行。不论严寒还是酷暑，百姓们总会看到他在施工现场忙碌，保证工程能够按时完成。修城期间，每到秋汛之时总会遭遇洪水围城，使得很多建造用料被洪水冲走。这个时候，沈维基就会自掏腰包，以一人之力捐资弥补。这也使得沈维基充分认识到了东平州城地势低洼，雨后极易形成积水，且难以排泄的情况。于是，他就在北门大券台和月城券台这些地势低洼之处各砌了一道明沟。明沟深三尺，宽六寸，沟渠两旁铺以大石，砌以金刚墙，沟底同样铺以大石。这两条明沟的作用极大，洪水来袭时，可往里填土阻挡；而洪水退去后，又可以挖开泥土将水泄走。

两年后，工程终于完工。修筑后的新城焕然一新，长十三里六分，高两丈，顶宽一丈二尺。同之前相比，西面城门的数量也有所变化，城门的名称更是别有一番韵味。东面两城门以八卦方位命名，靠北一侧的叫做"虎门"，靠南一侧的叫做"龙门"，两门合称"龙虎门"。剩下的几门名称也各有其独特寓意：小东门因为东望泰山，名为"瞻岱门"；南门因南望鲁地，名为"望鲁门"；西门因秋天自西来，寓意收获，名为"秩成门"；北门因星拱北极，名为"拱极门"。除此之外，还修建了五座城楼、五条马道、五个月城门、十个券台、六个角台和一个炮台。新城建好后，百姓安居乐业，沈维基也因为修城之事得到了士绅和民众的赞扬。为此，沈维基还专门撰写了《重修东平州城记》一文，详细记载了此次重修州城的经过。

时光荏苒，沧海桑田。清代乾隆中期这次重修后，历经两百年的风雨侵蚀、战火毁损和人为破坏，到20世纪40至50年代，古城已荡然无存。20世纪80年代，曾经镶嵌于州城南门之上的"望鲁"城门石匾出土于城内池塘，现藏于东平博物馆。此后，大东门的"龙虎"、小东门的"瞻岱"、西门的"秩成"等城门石匾也相继被发现，并作为重要文物存放于州城石刻博物馆。2009年，东平县拉开宋城建设序幕，先期建成北城墙、北城门楼、宋街、仿古牌坊、石刻博物馆等，千年古州城重获新生。

3. 巩象临建造桥上桥

在风光旖旎的东平湖南岸，有一个名叫"巩楼"的村落。自元代中叶到清朝末年，巩姓这个以文化传承的名门望族，共走出了秀才、举人、贡生、进士等五十多名。在这些巩氏名人中，巩象临被称为享誉东原的"巩大先生"，乡贤耆老送他"文靖"的称号。在东平桥梁史上，他参与修建的桥上桥，成为东平一大文化景观。

桥上桥的遗址在州城西解家河口村北面，东平湖堤东。宋朝建立州城以后，这里成了通往西边的主道。由于地势较低，每年雨季发水时，此处总是洪水滔滔。过往行人及车辆都得用船摆渡，非常不便。离此不远的东边有个西关村，当年曾出户挂双千顷牌的大财主赵凤七，富甲一方。他第一个成立了弦子（柳子）戏班，行头道具全用真金真银制作。进京演出，逢山修路，遇水架桥，他修的第一座桥就是解家河口桥。赵凤七财大气粗，花钱买了最好的石料、请了最好的石匠，修了这座长约二十丈、颇为壮观的石桥，并勒石昭示子孙，碑文为"桥破子孙修"。他认为自己的家族会代代兴旺，没想到偌大的家业很快被他挥霍一空，赵凤七最后竟被饿死。

赵凤七死了，青石桥却给人们带来了实实在在的好处。有一年黄河发大水，桥身整体下陷，成了漫水桥，给交通带来了极大的不便。老百姓呼吁修桥，官府却不愿麻烦，再加上有"桥破子孙修"的碑文，官员们个个装聋作哑。

时隔几年，家住桥西五里之外的巩大先生挺身而出，他四方宣传、八方募捐，准备重建新桥。经费筹齐以后，如何建桥又犯了难：若另选桥址，费工时物料不说，还与大道不顺；若在原处修建，领头施工的连连摇头，哪个也不愿当赵凤七的"子孙"。巩大先生苦思冥想，不得良策。有日闲聊，听人说腊山胜景是山上有水、水上有山，还有柏上柏、柏中柏等。他灵机一动，何不修座桥上桥？巩大先生遂与大伙商议，大家都异口同声说好。这样既省去清基之劳，又省了石料之资，可谓一举两得。于是就在原桥的上面，修了同样的一座桥。双塔王、昆山赵、古台寺郑、王台林、堤子李、桃园吴等东平八大家都很仰慕巩大先生的人品才干，联合出资立碑纪念。

在今州城西门外解家河口桥东首为他立碑一座，竖联是"卫道传经仰如山斗，捍灾御患依若屏藩"，横联为"福造东原"。这副楹联是对巩大先生一生的高度评价。1932 年重修的《巩氏族谱》有详细记载，此碑 1958 年修建东平湖水库时迁移到解家河口学校院内，毁于"文革"。桥上桥于 1956 年修筑东平湖防洪大堤时被掩埋。

（二）名人文化

1. 钱乙妙手治顽疾

钱乙（约 1032—1113），字仲阳，宋代郓州（今山东东平县）人，宋代著名儿科医学家。他出生在一个世代为医的中医家庭，其父钱颢，行医以针灸见长。在钱乙很小的时候，其父到山东东部沿海地区行医，从此再未返回。长到三岁时，母亲又因病离世，钱乙被姑母收养。姑父也是医生，待钱乙稍大，便教他读书识字，并传授给他医学方面的知识。钱乙聪慧过人，又善于学习和借鉴他人行医的经验。他注意广泛收集民间医治小儿病的验方，结合临床实践加以检验，研究出数十种小儿专用药方，因而名声大振。

宋元丰元年（1078），宋神宗姐姐长公主之女患病，经御医多方诊治，不仅不见好转，而且病情趋于危重。这时听说钱乙专治小儿疾病，便派人将其寻来。钱乙通过望、闻、问、切，确诊所患之症为"泻痢"，"当发疹而愈"。第二日果如他所言发了疹，再喝过钱乙熬制的中药后，很快痊愈。长公主为了感谢他，便求神宗赏赐钱乙，授予其翰林医学。

第二年，皇子仪国公患病，经长公主推荐，钱乙为其诊断，给他开了一个"黄土汤"的药方。宋神宗看到药方中的黄土后，不禁将信将疑，太医们也不觉得该方与此病的治疗有何关系。然而仪国公喝过几副之后，很快便痊愈了。宋神宗询问原因，钱乙回答说："太子的病在肾，根据中医的五行辩证法，肾属北方之水，因此想要治疗此症，则需要以黄土克水。"钱乙再次受到神宗嘉奖，被封为太医丞。从此，钱乙誉满京城，每天都有人请他看病。钱乙善用药方、妙手回春的佳话也在民间广为流传。

2. 王祯巧改翻车

王祯（1271—1330），字伯善，元代东平路（今山东东平）人。他和汉代的氾胜之、后魏的贾思勰、明代的徐光启并称中国古代四大农学家。他撰写的农学巨著《王祯农书》，与《氾胜之书》《齐民要术》《农政全书》并称为"中国古代四大农学名著"。

他从小就喜欢植物，尤其喜爱农田里的各种作物，经常认真观察它们的生长、关心它们的收割。一位名士到王祯家乡担任劝农副使，年轻的王祯对他十分景仰。听说名士编写了一部有关农事的书籍，王祯非常好奇，于是想尽办法弄来了那本书，仔细阅读后，更有醍醐灌顶之感。他从此立志，也要做一个精通农事的学者。

王祯后来官至地方县令，可他却是一个与众不同的县太爷。别的县令都端坐在高堂之上听下属和百姓回话，在县衙里舒舒服服地处理公文，王祯却不顾风吹日晒，一天到晚在外面跑。有时候下属急着禀告情况，发现他不在县衙里，等了半天见王祯终于满腿泥地回来了，就知道他又去过农田了。时间一长，下属们再遇到紧急情况便直接去田里找他，准能找到。

当地多山丘，农民们的耕地大部分都是山地，引水灌溉困难。如果遇上干旱，农作物就容易干渴而死，加大了耕作难度。王祯刚任职的时候就已经注意到了这点，没想到第二年就碰上了旱灾。

眼看着山坡上大片的禾苗都耷拉着脑袋，有的更是已经倒下，贴在干裂的土地上就要旱死，农民们心急如焚，却又无可奈何。"怎么办啊？再不下雨，今年秋天就没有收成了啊！"一位年纪较大的老农着急得眼泪都掉了下来。一名壮汉撸起袖子说："要不咱们还是去多挑几担水吧！"旁边人摇头说："这能有多大作用啊？还不是白费工夫。"正当众人沉默不语、渐渐绝望的时候，有个声音响起："这水还是可以引上来的。"

众人惊愕，回头发现说话的是一个又黑又瘦的小伙子。"年轻人，不懂就别胡说！"人群中立刻有人训斥道。王祯摘下草帽，指着山下的溪涧说："我可以想办法把水引到田沟里来。"众人一片哗然。正在大家都觉得他是信口开河，准备责骂他时，几位老农认出了这个人就是常来农田里转悠的县太爷。"大人，您要是真的有办法就说出来，我们一起试试。"一位老农半信半疑地说。

原来，王祯阅览大量古籍，找到了一些早已失传的古代机械图。他将这些图研究透彻后，再加以改进，设计出了新的高转筒车、水转翻车、水转高车。王祯拿出水转翻车图样，召集木工、铁匠一起赶工，不少农民也主动加入。就这样，水转翻车使全县几万亩山地的禾苗得救了。

3. 李湘保民治东平

山东是朱元璋北伐元军和燕王朱棣发动靖难之役的主战场。永乐初，为迁都北平，又先后从山东征发夫役数十万人疏浚会通河、修筑北平城。因此，山东的徭役负担特别沉重，百姓生活也十分困苦，而当时同样地处山东的东平州却是另一番境况。进入东平境内，既看不到成群面黄肌瘦的灾民，又看不到大片抛荒的土地。相反，这里田地垦辟、百姓安居，一派井然有序的和乐、安宁景象。这是因为当时的东平有一个爱民、保民、抚民的好知州——李湘。

李湘，字永怀，是江西泰和县人。永乐年间，以国子生直接理刑都察院。后来，又以卓越的才能被提拔为东平知州，来到了这片饱经战乱、满目疮痍的土地。刚踏上这块土地，他就被这里的萧条破败震惊了：衣不遮体的男女老幼用呆滞的目光迎接了这位新知州。面对此情此景，李湘内心深处升腾起一种责任感：只要为官一任，就要尽己所能，让一方百姓安居乐业。他在心里暗暗发誓，肩上顿时感受到一份沉甸甸的责任。

东平北临黄河，境内有烟波浩渺的东平湖，发源于泰山的古汶河从东部注入东平湖。历史上，这里是水灾频发的地区。每次大雨过后，洪水从地势较高的东部一泻而下，地势低洼的东平县顿时房倒屋塌，成为一片泽国。为抵御水患，东平人曾在城东部修坝挡水。到李湘上任时，因长期战乱、年久失修，大坝已千疮百孔、面目全非。于是，李湘上任的第一件事就是上奏朝廷，请求急发丁夫修筑堤坝，从而遏制洪水。堤坝的建成，使东平从此摆脱了水患的困扰，为灾年农业丰收提供了保障。

李湘到任时，东平的经济与山东其他地区一样，几近崩溃，州境以内及其所辖五邑"地多荒芜"。李湘每日起早贪黑、东奔西走，以极大的热情和耐心督导辖区百姓努力耕垦。再加上东部巍然屹立的大坝抵住了凶猛的洪灾，几年下来，东平已道无饥民、野有桑禾，连年丰收使得公私仓廪丰实、百姓面有喜色。明成祖晚年连征漠北，山东再次成为南粮北调、军饷转输之地，徭役再度繁重。此时东平以外的其余州县经济大多颓败不堪，百姓难以承受而破产流亡，唯独东平经济丰足，调拨有度，"人无失所"。

李湘自上任伊始，就视东平如家，孜孜以治。史书上说他清静自守，"常禄外一无所取"。如此，自然难免因秉公执政而遭到一些奸猾之徒的忌恨。有人诬陷李湘苛敛民财，而老百姓却由衷感谢这位一心保民安民的好官。当谗言上达布政使司时，东平百姓千余人竟徒步去到巡按御史、布政司、按察司为他申冤，乡里老人奔走于各官府衙门为他辩白并告发奸人，终于迫使通政司派员查实，奸人伏法，李湘官复原位。

李湘任东平知州十余年，始终以安民为己任，励精图治，保住了一方平安。当李湘升任怀庆知府离开东平的时候，东平民众"扶携老幼，泣送数十里"。正统四年（1439），五十七岁的李湘积劳成疾，病逝于怀庆知府任上。东平百姓得知这个消息后，自发摆设灵堂祭拜这位爱民的好官。

4. 杜三策出使琉球

杜三策，字毅斋，号槎仙，山东东平三旺府人。明天启二年（1622）进士，历任户科给事中、大理卿、天津巡抚等职。

其人性格狷介、为政清廉，疾恶如仇、不畏权贵，忠于职守、关爱百姓。他虽然没有旷世业绩，但却以出使琉球国，并为其册封国王的经历留名后世，受到后人的推崇和赞扬。

明思宗时，明王朝内忧外患加剧，内有魏忠贤专权，外有东海倭寇蜂起。到崇祯帝时，关内有李自成、张献忠起义，关外有多尔衮、八旗兵虎视眈眈，大明王朝已是风雨飘摇。此时，琉球的尚丰王已自行继位十四年，五度遣使明廷请求册封。崇祯六年（1633），崇祯帝任命杜三策为正使，杨伦为副使，前往琉球册封。

崇祯六年（1633）六月，杜三策率领三百多名使节，带着中国的纺织品、瓷器、药材、纸张、食品等日用百货及工艺品前往琉球。出行前祭祀了江海，航船驶出了零丁洋，穿过了澎湖群岛和海峡。经过半个月的长途航行，经历了一路的大风和巨浪，杜三策一行最终抵达了那霸港。使团抵达后，尚丰王亲自带人走出港口迎接，并举行了庄严而隆重的册封典礼。册封仪式由杜三策亲自主持，首先祭奠先王，随后两位册封使臣在册封大典上宣读了朝廷颁发给琉球尚丰王的册封诏书。尚丰登基十四年，终于真正得到了明廷的认可。册封完毕后，杜三策一行游历了琉球，与当地人就经济、文化、艺术和生产等方面进行了友好交流。他们还接见了明初移居琉球的闽籍三十六姓的后裔。

在琉球期间，杜三策等人还多处题字、撰文。如为那霸天妃宫题写了"慈航普度"匾、为册封期间居住的天使馆题写了"每怀靡及"匾，还在天使馆题四律一首："一帆多藉乘风力，万里长悬捧日心；兴来欲泛张骞斗，归去羞言陆贾金。"在天使馆后楼墙壁上题"梅花诗"百首以作留念，还与尚丰一起观看了宫廷画师聋哑人钦可圣的绘画，并赞叹他的作品可媲美顾恺之、王维等中国著名画家，是近世所没有的。

归国前，为表达感谢，琉球王赠送黄金给杜三策。他力拒重金，受到琉球众人的尊敬。杜三策、杨抡归国途中遇到飓风，折桅牙数次，勒索皆断。幸好船中有高三尺的上等楠木，是杜三策等捐千金承诺刻妈祖神像所购。不久，海上风消云散，船行若飞，一行人一夜之间抵达福建，顺利回京交差。归国后，杜三策受到崇祯皇帝的高度赞扬，年老后告老还乡，死后葬于故里东平。

5. 吕彦直设计中山陵

吕彦直（1894—1929），字仲宜，近代著名建筑师，祖籍东平县彭集镇吕家庙村，清光绪二十年（1894）出生于天津。他的幼年是在法国度过的，曾多次参观卢浮宫博物馆，对绘画雕塑艺术情有独钟。回国后，先后在北京五城学堂及清华学校留美预备部求学。1913年，受政府派遣，吕彦直前往美国留学，在康奈尔大学攻读建筑工程专业。1921年回国，在上海开办了彦记建筑事务所。

1925年，孙中山先生在北京病逝，中国国民党葬事筹备委员会决定在南京紫金山南麓建造中山陵，并向海内外征求建筑设计方案。年仅三十一岁的吕彦直看到这则消息后，怀着对孙中山先生的崇敬之情，迅速报名应征。经过两个多月夜以继日的工作，绘制了总平面图、平立剖面图和透视图九张，并附祭堂侧视油画图一张，撰写了一千余字的《陵墓建筑图案设计说明》，详细记述了他对中山陵布局、用料、色彩的设想。

吕彦直的中山陵设计既有创新之处，又富传统意蕴。牌坊、陵门、碑亭、纪念馆和陵墓利用山坡地形，沿着中轴线有条不紊地排列；利用山坡绿地和宽阔的石阶，将小型个体建筑组合成了庄严伟岸的建筑群。祭殿主体建筑风格虽较为传统，但平面全部为方形，四角敦实而突出，屋顶用蓝色琉璃瓦、墙体以花岗岩打造，具有深刻的建筑含义。评审结果公布后，引起全国上下关注，中外报刊纷纷报道，全部应征图案将在上海四川路36号大洲建筑公司三楼公开展示五天。展览会结束后，葬事筹备委员会开会复议，孙中山先生的家属也参加了会议，一致认为吕彦直的设计方案"简朴坚雅，且完全根据中国古代建筑精神"，决定采用。

1925年11月3日，葬事筹备委员会正式聘请吕彦直为陵墓建筑师。1926年1月15日，中山陵工程正式动工。为了加快工程进度，保证工程按期完成，吕彦直长期奔波于沪宁之间。即使因为辛劳过度而病倒，依旧亲自把关工程质量，每一部分工程的图纸大样和建筑模型均由他亲自审查和修改。1929年2月，墓室和祭堂的建造基本完成，此时的他已重病缠身，躺在床上还牵挂着中山陵工程。就在工程即将竣工之际，这位才华横溢的年轻建筑师在家中离开了人世，年仅三十六岁。为了纪念这位杰出的建筑设计家，人们在中山陵后面为他树立了雕像。

于右任先生专门为其题词："吕彦直建筑师建筑陵宫积劳病故，特此纪念"。

（三）文学艺术

1. 梁楷深情画李白

为名人画像难，为李白这样童叟皆知的名人画像更难。在我国，李白的诗几乎人人都能背诵几首，李白的故事可谓是家喻户晓，李白的形象也早已深深地印在人们心中。对李白的样貌，人们都会用自己心中的想象去衡量，用自己对诗人的理解去界定。所以从李白生前到他死后的五六百年间，尽管有不少画家为李白画像，却没有一幅尽如人意。然而，就是这样一幅极具挑战力的画作，却被南宋时期一位叫梁楷的画家画了出来，活灵活现地表现出了诗仙李白的神韵。

梁楷生于1150年，东平须城（今山东东平）人。其父亲梁端、祖父梁扬祖、曾祖梁子美皆为宋朝大臣。最初，梁楷拜师贾师古，后来青出于蓝，善画山水、佛道、鬼神等。宁宗嘉泰年间，梁楷曾担任画院待诏，但画院规矩太多，与他本人自由率真、放荡不羁的个性相冲突。梁楷不惜放弃这份皇恩和薪水，只希望能够随心所欲。于是，他将皇帝授予的金带挂于画院内，就这样洒脱地辞了职。除此之外，梁楷还喜好饮酒，酒后的行为不拘礼法，人称"梁风（疯）子"。古有李白在宫中伴醉，命唐玄宗的宠妃杨贵妃研墨；今有梁楷将皇帝赐予的金带随意挂在壁上，让孩子们赏玩。梁楷的脾气秉性酷似李白，他和李白一样胸怀博大、个性清高、蔑视权贵、不拘小节，充满浪漫的艺术气质。"李白斗酒诗百篇"，梁楷则是"醉来亦复成淋漓"；两人一样才华横溢，李白出口成章，梁楷则是挥笔成画。梁楷也格外喜爱李白的诗，崇敬李白的为人，李白早已活在他的心中。或许正因如此，他创作出的《李白行吟图》（又名《太白行吟图》），才能令人拍案叫绝。

梁楷的画法与众不同，他没有像前人那样工整细致地描绘，而是运用他首创的"减笔画法"作画。此种画法极其简练、奔放，只在面部勾画时略微精细，其余部分皆画得十分随意。只见画面上的李白侧身而立，身披宽大的斗篷，微微扬起头，胡须俏皮地翘起，嘴角和眼角流露出含蓄的笑意。画中的李白仿佛"月下独酌"后刚刚站起身来，双目凝视着明月，感慨万千，诗兴大发，名诗佳句就要朗朗出口。诗人翩翩的风度、潇洒的身姿、聪颖机敏的神情，以及洒脱浪漫的气质，都被尽善尽美地表现了出来。这幅《李白行吟图》赢得了众人的认可，大家公认这就是他们心目中的李白。中国绘画注重神韵的精神在这一作品中得到了完美的体现，而且达到了一个前所未有的高度。

2. 元好问东平交游

元好问是宋金对峙时期北方文学的主要代表、文坛盟主，他与东平有着极深的渊源。他前后八次来到东平、寓居七年之久，直到去世前两年方止，在东平交游和寓居成为他后半生重要的生活内容。在东平，他交往名士、欣赏美景，并完成了自己的学术研究。在东平良好的文化氛围里，元好问创作了许多诗词和文章，也留下了诸多美好的故事。

1236年3月，元好问认识了东平行台严实，这是元好问在山东期间的一件大事。严实辖区，大体在今济南以西的山东地区及河南东北部分地区。严实父子都善于招揽人才，并以养士闻名，于是，中州名士纷纷慕名而来，东平人才集一时之盛，他们为治理东平、繁荣东平文化做出了重大贡献。东平渐渐成为"郁郁乎文哉"的文化中心，元好问也成为东平文化圈中的核心人物。

严实对于名满天下的文坛盟主元好问格外优待。两人结识的第二年（1237），元好问首次造访东平，受到严实的热情款待。元好问首访东平的第二年，严实还专门邀请他到府中做客。元好问在此住了一个夏天，两人结下了很深的友谊。1240年，严实病故，元好问怀着深挚的敬意，撰写了《东平行台严公神道碑》和《东平行台严公祠堂碑铭》，盛赞严实大仁大义，给东平百姓和四方文士周济优抚，以及实行文治教化的政绩。

严实去世后，元好问与严忠济、严忠嗣兄弟一直保持着密切往来，多有诗文酬赠。《约严侯泛舟》就是其一："风物当年小洞庭，西湖此日展江亭。诗贪胜概题难遍，酒怯清秋醉易醒。白鸟无心自来去，红蕖照影亦娉婷。仙舟共载平生事，未分枯槎是客星。""小洞庭"是诗人对东平湖的美称，由此可见元好问对东平湖的喜爱之情。《同严公子大用东园赏梅》诗云："东阁官梅要洗妆，青云公子不相忘。翰林风月三千首，乐府金钗十二行。佳节屡从愁里过，老夫聊发少年狂。花行更比梳行好，谁道并州是故乡。"并州（今山西省太原市）是元好问的家乡，可诗人同严公子东园赏梅，暂且"老夫聊发少年狂"，只愿眼前佳节美景能使其跳出"佳节屡从愁里过"的怪圈，把思乡的惆怅暂且搁置，可见诗人对东平的强烈归属感。

元好问与东平文人才士也多有交往，且友谊深厚。他与京城老友杨飞卿的赠答词有《临江仙》："壮岁论交今晚岁，只君知我平生。六年相望若为情。吕安思叔夜，残月配长庚。济上买田堪共隐，嵩云仙季白云兄。风流成二老，林下看升平。"所叙之情发自肺腑，让人感受到两人感情的真挚。杨鹏，字飞卿，客居东平近二十年，有诗近两千首。写诗必寄示元好问，以为知己。杨鹏有《送元遗山》，诗云："三馆才名天下闻，乱来俗议漫纷纭。两朝文笔谁争长，一代诗人独数君。"字里行间透露出对元好问才华的敬佩。康晔，字显之，山东高唐人，任东平府学祭酒，学问渊博，也是元好问的好友。元好问写有《官园探梅同康显之》《别康显之》二诗，专门赞扬康晔诗歌优美，堪称大家。康晔置酒相送，月下两人饮酒赋诗，别情依依，可见他们感情之深挚。曾经为《高白松》故事题诗的东平诗人张圣与，也是元好问的好友。元好问《东平送张圣与北行》一诗中写道："海内文章在公等，不应空老道途间。"朋友文章才能卓著非常，却不被重用，元好问为朝廷不能因材施用、英雄无用武之地而鸣不平。

杜仁杰是元好问的好友，对元好问入东平有引荐之功。他十分崇敬元好问，把元好问与苏轼并称，曰："敢以东坡之后，请元子继。"（杜仁杰《遗山集序》）元好问《送杜子》一诗高度赞扬两人的情谊："洛阳尘土化缁衣，又见孤云著处飞。北渚晓晴山入座，东原春好妓成围。来鸿去燕三年别，深谷高陵万事非。轰醉春风有成约，可能容易话东归。"

1238年，元好问回忻州前专程告别东平诸人，其《出东平》一诗写道："老马凌兢引席车，高城回首一长嗟。市声浩浩如欲沸，世路悠悠殊未涯。潦倒本无明日计，往来空置六年家。东园花柳西湖水，剩著新诗到处夸。"这首诗不仅描述了东平城建筑巍峨、人声鼎沸的繁荣景象，也赞美了东平湖畔杨柳依依的美丽景色，表达了他对东平的不舍之情。

3. 文天祥赋诗东平

东平历史上向有"九省通衢"之称，远在秦汉时期，东平即有官道（亦称"御道"）过境。元明清时，运河水路漕运通达六百余年，东平驿道更是为南方各省往来北京必经之地。文人学士途经此处留下的纪行诗，皆是对于此行此地的见证。

1278年，宋端宗病死后，陆秀夫等人拥立六岁的小皇帝。文天祥被加封为信国公，率领军队休养生息，以图东山再起。然而，面对元军铁骑，文天祥率军浴血奋战，且战且退，最终于五坡岭遭元兵袭击兵败被俘。后来，文天祥被押往燕京（今北京），沿途写下大量诗作纪行抒怀，也为山东运河留下了宝贵的文化记忆。

文天祥的北上行程艰难困苦，他郁结于胸，往往用诗作来抒发心中的惆怅，其中就有在经过东平时创作的诗篇。行至东平时，文天祥看到元军南下之后的齐鲁大地已经是满目疮痍、民生凋敝、物是人非。此情此景，使他不禁联想到孔子"仲尼相鲁"的业绩——自己想着为国尽忠、恢复故国，但是却被俘北上。这与孔子治理鲁国却壮志难酬的遭遇是何其相似啊！想到如今自己已经报国无门，抗敌之心再不能如愿，不禁悲从中来。文天祥赋诗明志，提笔写下"目力去天短，心事与时违"的诗句，抒发自己深深的愤慨。

一天晚上，文天祥暂宿东平馆。门外的看守手持钢刀，让他时刻难忘自己的囚徒身份。看着东平阴雨连绵的天色，想到山河沦陷，他不禁潸然泪下。文天祥痛恨那些卖国投降之人的所作所为，自己一身傲骨，心中实在不甘。他对着窗外阴沉的天空，听着日夜不停的淅沥雨声，写下了《来平馆》这首千古名篇："憔悴江南客，萧条古郓州。雨声连五日，月色彻中流。万里山河梦，千年宇宙愁。欲鞭刘豫骨，烟草暗荒丘。"这首诗风格沉郁悲烈，表现了文天祥宁死不屈的英雄气概和万里河山重为一体的愿望。随着南宋王朝的战败，自己徒留千古遗恨已成定局，文天祥不禁更加憎恨北宋末年弃职潜逃、卖国投降的刘豫，只有将刘豫掘墓鞭尸，才能消解自己满腔的愤怒。

南宋爱国英雄文天祥的著名诗句，至今仍震撼着中华儿女。他路过东平时留下的诗篇，不但真实记录了一位孤忠者的丹心正气，也为东平文化增添了新的光彩，值得人们去铭记和歌颂。

4. 严实父子重振府学

东平府学起源于唐，兴盛于宋元，其前身是北宋的郓学。郓学中有唐代"成德堂"讲堂，由此可见，东平府学由来已久。东平原有府学位于东平城内，北宋仁宗景祐年间，右仆射兼门下侍郎、同中书门下平章政事、集贤殿大学士王曾被罢官，出判郓州（今山东东平）。他置学田二百顷，作为供养府学的经济来源。后蒙古军队南下，与当时占领东平的金朝在此交战，东平府学一时毁于战火之中。元朝建立后，在严实父子的努力下，东平府学得以恢复，并进一步走向繁荣。

严实（1182—1240），字武叔，泰安长清（今山东济南长清）人。蒙古军队南下时，严实为百夫长、长清县尉、长清令。他最终选择归降蒙古，进驻东平，先后授千户、万户，治理东平及其周围地区。这时，众多儒士汇聚到局势相对稳定的东平。严实聘任宋子贞、元好问、商挺等名儒为府学主管和教授，著名散曲家杜仁杰也追随其多年。此外，经义进士王磐、词赋进士刘肃、泰和进士张特立、正大进士徐世隆等也先后聚于严实门下。一时间，八方学子慕名前来，东平府学学生达到七十五人。按照当时的学制，东平府学成为北方地区规模较大的府学之一。在朝代更替、时局动荡之际，严实兴办教育的业绩尤为显著。

严实的长子严忠济接替父职治理东平时，复兴府学的基础已经趋于稳固。东平府学学生最多时达数千人，原有学舍无法容纳，于是另选新址筹建规模更大的新府学。自元宪宗二年（1252）起，历时三年，东平新府学扩建完工，成为山东西部地区庙学之冠。1255年，六十六岁高龄的元好问应严忠济之邀，自镇阳至东平，参加东平府新学落成典礼，并作《东平府新学记》。重建后的府学规模宏大，其礼殿"坚整高朗，视夫邦郡之居"，有孔子及十哲七十二贤之像，讲堂、书房、学舍、厨房等不一而足，"故事毕举，而崇饰倍之"。府学祭酒聘康晔担任，下设东序、西序两部，东序教官为梁栋，西序教官为王磐，首批生员共六十余人。

元好问还参加了东平新学府的校试，选拔阎复、徐琰、李谦、孟祺四人，号称"东平四杰"。这四人后来都成为著名学者，入仕以后，皆为元初名臣。另外，张孔孙、雷膺、夹谷之奇、王构、魏初、王恽也先后在东平府学受教，曹伯启、李之绍等人又师事时任府学教授的李谦。这些人与"东平四杰"一样，后来都成为能够经世致用的人才。

5. 高文秀创作水浒戏

高文秀（约1240—1290），东平人，元代著名杂剧作家。据元代钟嗣成的《录鬼簿》记载，高文秀乃东平府学生员，早卒，号"小汉卿"。高文秀一生创作了杂剧三十四种，在数量上仅次于关汉卿，故人们称他为"小关汉卿"。他和关汉卿一样，是元代戏剧界的活跃人物，当时被公认为除关汉卿以外最受欢迎的剧作家。

东平在金、元时期是教习、培训宫廷乐工的地方。元太祖时，得金朝礼乐之工九十二人，皆发往东平；元宪宗二年（1252），东平乐工五十二人见帝于行宫，以礼乐祭天后，乐工又返回东平。至元三年（1226），在东平的乐工增加至四百余人。由于朝廷的重视，东平遂成歌舞之乡，成为培养文艺人才的大本营。高文秀具有较高的文化素养，又生长在这乐舞之乡，有机会接触宫廷乐工，并同他们交往，这对他以后从事戏剧创作产生了重要影响。

东平毗邻水泊梁山，因此高文秀对李逵等敢于反抗官府的草莽英雄情有独钟。此时民间也流传着许多梁山好汉的故事和传说，这就为高文秀创作水浒题材戏剧提供了大量生动的素材。他通过对这些素材的精心加工、再创作，写出了许多富有艺术性的水浒剧。对黑旋风李逵的塑造是其创作的重中之重，相关作品有八种之多，分别为《黑旋风双献功》《黑旋风乔教学》《黑旋风诗酒丽春园》《黑旋风穷风月》《黑旋风诗酒丽春园》《黑旋风借尸还魂》《黑旋风斗鸡会》和《黑旋风敷演刘耍和》，其中《黑旋风双献功》是唯一保存下来的作品。

高文秀的《黑旋风双献功》与康进之的《李逵负荆》堪称元代"黑旋风双璧"。从对黑旋风李逵刻画的角度来说，《黑旋风双献功》较之《李逵负荆》别有特色。剧中李逵不再是刚直、单纯、粗犷的猛汉，而是一位足智多谋、粗中有细的英雄。此时的高文秀虽然没有像关汉卿等人一样亲身经历金元的战火，但是却看多了元朝政权的各种罪恶。因此，《黑旋风双献功》更多的揭示了元代吏治腐败、权豪肆虐、民不聊生的社会状况，反映的是江湖侠义之士疾恶如仇、救人急难、维护人民利益的侠行义举，为在无边黑暗中挣扎的被压迫者提供了一股抵御强权和邪恶的精神力量。全剧关目紧凑，曲辞本色自然，李逵极富喜剧色彩的性格特点也得到了生动的展现。整个剧本读来印象深刻，令人挥之不去。

四

运河之都——济宁

济宁是京杭大运河沿岸的重要城市，历史悠久、人杰地灵，是蜚声中外的孔孟之乡。京杭大运河纵贯济宁全境，全长二百三十公里，"南通江淮、北达幽燕"。历史上的济宁曾是"东鲁之大郡，水陆之要冲"，出现过"百货聚处，客商往来，南北通衢，不分昼夜"的繁荣景象，成为镶嵌在大运河畔的一颗璀璨明珠。济宁被称为河漕"要害之冲"和"咽喉之区"，元明清三代的诸多漕河管理机构皆驻扎此地，使得济宁"公署特多于他郡"，成为名副其实的"运河之都"。大运河不仅催生了济宁的盛世繁华，还为济宁留下了珍贵的文化遗存和丰厚的文化积淀，使这座城市形成了丰富多彩的运河文化，在城市发展的历史进程中闪耀着无尽的光辉。

（一）名胜古迹

1. 太白楼上话风流

　　屹立于济宁古运河之畔的太白楼是一座历史文化名楼，它不仅是一座古建筑，更是济宁运河文化的代表，在此上演过丰富的运河故事。它见证了济宁运河的开凿与贯通、城市的发展与商业的繁荣，目睹了大运河上不同人群的情感交织与悲欢离合。乾隆皇帝在此留下了一段传承百年的佳话，许多文人士子更是对它情有独钟，纷纷为它赋诗作文，并代代相传，延续至今。

大诗人李白寄情于山水，有着游历天下的豪情壮志，对孔孟之乡齐鲁大地向往已久。加上他的兄长任汶上县令、六叔任任城县令、族弟任单县主簿，更增加了李白对山东的亲切感与归属感。历经了官场上的失意与多年来的漂泊生活，李白十分需要亲情的慰藉与关怀，因此来山东前，他的内心充满了愉悦。开元二十四年（736），三十六岁的李白携妻子许氏、女儿平阳从湖北安陆乘船坐车向济宁出发。虽一路风尘仆仆、车马劳顿，但李白丝毫没有感觉到劳累，有的只是对与亲人们早日相见的期待。途中，他想起了幼年与兄长、堂弟一起玩耍的场面，而相逢即将到来。

到达济宁后，李白受到了亲人们的热情款待，他们给他安置了房屋、聘请了仆役，并时常前来与李白一同喝酒、作诗。在济宁，李白感受到了家的温暖，他也把这里当成了自己的家乡。济宁的一草一木、一山一水、一桥一梁，在李白的笔下都有了诗意、有了情感。当然，李白最爱的还是济宁的酒。济宁的酒享誉全国，既有本土酿造的高粱酒，也有沿运河而来的富水酒、若下酒。不同的酒滋味不同、甘洌程度不同，但对于李白来说，酒就是灵魂、就是生命。济宁城中，有贺兰氏酒楼汇聚天下名酒。贺兰氏来此地经营已久，早已定居。他不但善于品酒、鉴酒，喜欢购买各地名酒，对酒文化多有研究，更愿意与诗人结交，在当地颇有名气。李白到济宁后，贺兰氏欣喜若狂，邀请李白到自己的酒楼中，免费请他喝酒。每当李白酩酊大醉诗兴大发时，贺兰氏便投以十分的欣赏与尊敬。他对李白说："您对于我来说是亦师亦友，但饮酒适量就可，不能多饮，否则对身体不好。您作为咱们大唐的著名诗人，一定要保证健康呀。"听到朋友的话，李白感叹道："我漂流半生，政治上郁郁不得志，在济宁、在你的酒楼我才找到了归属感。你是我的朋友，却不了解我的心意呀，我喝的不是酒，是我半辈子的情怀。怀才不遇，救国为民之志无法实现，只有酒才能宽慰我。"听了李白的话，贺兰氏对他更加崇敬，两人的关系也更密切了。在济宁期间，李白经常邀请亲朋好友来酒楼喝酒、写诗，留下了大量千古名篇，贺兰氏酒楼仿佛成了他精神的栖居之地。

李白去世近百年时，吴兴人沈光于唐咸通三年（861）经过济宁时，行经贺兰氏酒楼下。他感叹岁月的流逝，追念李白伟大的情怀，于是登楼寻找历史遗迹。他在楼上一边品酒，一边追忆百年前李白的豪情，欣然题写了"太白酒楼"匾额，并作《李翰林酒楼记》，写道："独斯楼也，广不逾数席，瓦缺椽蠹，虽樵儿牧竖过，亦指之曰：李白常醉于此矣"。自此后，贺兰氏酒楼改名为"太白酒楼"，并流传至今。太白楼之名源于李白，在元明清运河兴盛时大噪其名，楼下舟船云接，文人墨客往来不绝，关于它的故事也传颂至今，长盛不衰。

2. 乾隆游览太白楼

济宁的太白楼，是命名于大诗人李白而闻名于运河南北的一座名楼。自唐朝以后，众多途经济宁的历史名人或官员都曾登临太白楼，凭吊李白，抒发怀古之情。不仅如此，历代统治者对济宁这座水上交通枢纽城市也十分重视。清代乾隆皇帝六次南巡，重要的目的之一便是巡视河工，而运河之都济宁也是他历次南巡重要的一站。

乾隆三十年（1765）春，在济宁南门城楼的东城墙上，一群文武官员正簇拥着一位年过半百的老人，这个人就是乾隆皇帝。早在这一年的正月十六，五十四岁的乾隆皇帝就带着他的母亲崇庆皇太后离开紫禁城，踏上了南巡之路。他一路巡视河工、体察民情，也观览沿途风光。这是乾隆皇帝第四次南巡，历时126天，也是他六次南巡中时间最长的一次。在春暖花开的季节，乾隆皇帝陪着崇庆皇太后游览了风景秀美的江南名城，很快夏天临近，这才沿着京杭大运河踏上了回京的路途。

乾隆皇帝的船队浩浩荡荡驶进了济宁城，城内的官员早就得到了消息，他们为了迎接皇帝专门营建了一座具有江南园林风格的行宫。然而，比起新建成的济宁行宫，乾隆皇帝更钟情于坐落在运河北岸的太白楼。他不顾旅途劳累，决定登楼。站在太白楼上，四面来风，他欣赏着运河两岸的风景，只见车水马龙、店铺林立、商品荟萃。乾隆皇帝一边体会着京杭大运河这一伟大工程带来的震撼，一边联想起李白在这座楼上饮酒作诗的场景，心中对大诗人李白充满无限的怀念。他触景生情，诗兴大发，在太白楼上挥笔写下了《登太白楼作》，诗云："苔峨高阁俯城闉，名字犹传太白真。善酿者汪信知己，举觞惟贺是佳宾。良辰漫惜方春饯，胜迹初探返跸巡。禹戒常遵恶旨酒，醉歌无事取斯人。"

在这首诗中，乾隆皇帝描述了自己登上太白楼时的心情。他想起了李白和善于酿酒的汪伦之间的深厚情谊，想起了李白和大诗人贺知章举杯痛饮、把酒言欢的风流往事。李白一生豪侠，知己众多，写下了许多描写离别之情、歌颂友情的诗歌。然而，在诗的末尾，他却笔锋一转，站在一国之君的角度，表达了对李白醉酒的否定态度。乾隆皇帝联想到自己身为一国之君，国事繁重、日理万机，只有闲来无事时才能像李白那样纵情饮酒、欣赏李白醉酒放歌的风流。几百年过去了，今天在太白楼前，人们依然能看到这块字迹已经模糊了的乾隆御制诗碑。在此以后，乾隆帝又多次在南巡或东巡回程时登上太白楼，观览济宁胜景、品评李白诗文。

乾隆四十九年（1784）夏，在最后一次南巡的途中，乾隆皇帝又一次来到了济宁。此时的他已经是一个七十多岁的老人了，但他不顾年老体弱，仍然坚持登临太白楼。在这座见证了千年历史的古楼之上，乾隆皇帝提笔写下了另一首诗，名为《登太白楼四叠旧作韵》，诗的最后两句是："求贤欲以赞实政，此际无资若辈人。"这两句诗透露出乾隆皇帝深深的遗憾。他在太白楼上一边怀念李白，一边深情地感叹，为什么想让李白、杜甫那样的贤能之士来赞美自己一生的功绩，却怎么也找不到呢？

昔日的古运河畔长廊曲折、客商云集，游人络绎不绝。每当夜幕降临，更是灯火辉煌，吸引着人们驻足流连。自京杭大运河贯通以后，无数文人墨客在此留下了不朽的诗文佳作，登临太白楼甚至成为文人的一种风尚。斯人已去，盛名犹在。作为这座城市永久的历史记忆与文化符号，太白楼以其独特的魅力继续书写着它的故事。

3. 李奉翰倡修浣笔泉

浣笔泉是诗仙李白在济宁的洗笔之处，后来经过历代的整修，成为一处风景优美的园林。李白在济宁生活期间创作的许多诗篇文章、留下的不少真迹墨宝，都出自这浣笔泉边。历史上的浣笔泉是济宁一带的古泉之一，因水势较大、水质较好，成为运河沿岸重要的补给水源和人文景观。浣笔泉原名"墨华亭"，始建于明嘉靖五年（1526），明清两代历经多次重修，也留下了一些文人佳话。

李奉翰，字芗林，汉军正蓝旗人，乾隆五十四年（1789）任河东河道总督。在济宁为官时，他看到浣笔泉的残破情景，便召集众人，倡议重修。这次重修是在乾隆五十六年（1791），主要是重修了浣笔泉的后堂，加盖了一层楼，在楼上祭祀李白、杜甫、贺知章三位贤人。堂前仍然建有墨华亭，亭后耸立着一块一丈多高的巨石，玲珑奇秀，上面镌刻了"小雷峰"三个字，取杭州西湖南屏山上一座小山峰的旧名"雷峰"，后人因此称之为"小雷峰石"。石旁还建有一舫状小屋，跨以小桥。小桥下水流潺潺，泉碧如黛。

这年秋天工程竣工后，由漕史和琳作记、内阁学士翁方纲赋诗、运河同知黄易绘图，刻石镶嵌在堂内的墙壁上，被后人称为浣笔泉的诗、文、画三绝，也成为济宁八景中"墨华泉碧"这一大景观。经过这次重修，浣笔泉内景致变得十分优美，花木扶疏、柳荫竹翠，浣笔泉成为一处恬静幽雅的园林。

这时，巡漕御史和琳将回京师，河道总督李奉翰等人相约在浣笔泉，以文会友，把酒言欢，为他设宴送行，并作诗以记之。即将告别昔日的朋友，和琳心中恋恋不舍，想到这一处清静幽雅的地方，说道："太白楼挨着杜老池，这两位大诗人在此竟都有专门的祠庙供奉。林木地泉竟然是先生们的墓地，如此风流雅致，正好让我们这些人遇上。《将进酒》这首诗至今余音绕梁，墙壁上还残留着诸位一同题诗的痕迹。今后如果再经过此地，应该专门前来造访，到那时和三位先生就是故交了。"

李奉翰接着说道："李白当年在一泉清池中洗笔，现在名泉上的旧祠被修整得焕然一新，新栽的花竹使这里成为游览的胜地。刚刚摆开酒宴，现在正是为君饯行的时刻。你游记（指重修浣笔泉时，和琳作的游记）的标题丝毫不逊于王羲之当年所作，续韵相和如同在高唱着李白的诗。文水堂前风月正好，有几人惆怅只有自己心中知道。"漕运总督管幹珍说："李白这位从天上被贬下民间的诗仙飞升过后，此地只剩下一汪空池，剔除青苔、疏通泉眼，隐约还可以看出这座古祠的模样。进入祠堂，应该举杯对着碧波，站在石碑前再次临摹石碑上的诗文。面对着眼前的景致，又增添了我心中对事物兴盛衰替的慨叹，遂对酒当歌，将新的感受记录下来。"

中丞惠龄说道："墙的东面是石砌的方池，上面烟雾升腾，笼罩整个古祠。是谁对着清凉的泉水谈论着旧时的事迹，空留下美好的辞藻让后人回忆当时的兴盛。低头徘徊，举杯喝下不少浊酒，过客们一时感叹世事无常，纷纷留下诗句，拍着门槛豪情欲狂地呼唤着太白，要和这位旷世奇才结为知心朋友。"
进士顾礼琥说："诗仙人在高楼，月儿却在池水中，千年的池水萦绕着古老的遗祠。幸逢前辈们在此重开诗宴，令人喜悦，但转念又叹息太白先生不能和我们一起吟诗。绿波荡漾，水波迂回，好似水中沉入了李白的彩笔，旧碑丛立等待着新诗的题写。"

从此以后，常有文人在此聚会宴饮、赋诗作文。这些诗文写得清新美妙，被清代诗人袁枚搜集并保存在了《随园诗话》中，后世的人们可以借此窥见当时公卿士人的风雅气度。如今的浣笔泉遗址还依稀保留着往日的风采，古老的泉眼仿佛也留存着诗人那份难舍的情怀。

浣笔泉遗址（焦振炜摄）

4. 徐永安捐修铁塔

在历史悠久的运河之都济宁，有一处千年古刹——崇觉寺。寺内有一座9级11层、通高23.8米的铁塔，造型奇特，蔚为壮观，是我国现存最高、最完整的宋代铁塔。

"济宁州，古任国，历史悠久古迹多，先有宋朝铁塔寺，后有金朝城一座，城墙高，垛口多……""济宁州，阁楼多，三塔七寺十八阁……"这是济宁城区的地名歌谣，首先说到的就是铁塔寺。古城中的这座铁塔虽然历尽沧桑，饱经岁月的洗礼，但依然巍峨挺拔，静静地矗立在繁华街市的背后。

关于铁塔寺的修建，有这样一个故事。宋朝时，济宁人徐永安常年在外地经商，渐渐成为当时地方上的富户，生意越做越大。但婚后多年膝下无子，便到崇觉寺进香求子，许下誓愿，如果来年得子，将重修寺院，并铸铁塔以弘扬佛法。第二年，徐永安之妻常氏果真有了身孕，不久生下一个男孩。徐永安非常高兴，但因经商在外，便委托妻子常氏出面还愿。徐家出资重修崇觉寺，铸造铁塔，并在塔里供奉佛像和舍利，以报答佛祖的送子之恩。徐夫人常氏本是吃斋念佛之人，原本要将铁塔修建为九层，以弘扬佛教中九九归一、生死轮回的教义。然而在修建到第七级时，便因战乱而被迫停工。由于未铸塔顶，崇觉寺就俗称为"铁塔寺"了。因此，后人在对铁塔进行赞美的同时，也无不感到有些遗憾，认为塔无顶终不为美。明万历九年（1581），济宁道台龚勉和郡守萧公倡议集资，联合地方士绅及民

济宁铁塔（焦振炜摄）

众集体施工，亦用铁水浇铸，将铁塔增高二级，铁铸塔身共计九层。塔顶又冠以铜质鎏金天门，四围垂以风铎，此塔落成后，寺院的香火也越来越旺。

铁塔寺是济宁最早的佛教释迦禅寺，至今已有近一千五百年的历史了，但依然保留着当年的风貌。铁塔寺原名崇觉寺，又名释迦禅寺，始建于北齐皇建元年（560）。当时是由于佛教的广泛传播而兴建的，最初只有大雄宝殿一座，并无铁塔。徐氏夫妇捐款修造铁塔之事发生在北宋崇宁年间，因此铁塔也被人们称为"崇宁塔"。铁塔第一层塔身上铸有铭文："大宋崇宁乙酉常氏还夫徐永安愿谨铸"，第二层塔身上铸有"皇帝万岁，重臣千秋"字样。塔的造型风格完全模仿木制结构，集中反映了宋代木结构建筑的特点。整座铁塔浑然挺拔，高高矗立在整个济宁城的中心，它又在学宫的巽方（巽为文昌位），不仅是城市的标志性景观，而且还被人们认为发挥着助兴文运的作用。

5. 马化龙修建东大寺

位于济宁市区古运河西岸的济宁清真东大寺，是运河沿线现存规模较大的伊斯兰教寺院。由于沿河而建，又俗称"顺河东大寺"。这是一座闻名遐迩的伊斯兰教寺院，也是济宁古城的胜景之一，有着悠久的历史。

相传，元朝末年，大量回族人民被迁往豫南、淮西地区。后来，他们中的许多人加入了朱元璋领导的农民起义队伍，不少人后来成为明朝的开国功臣。徐达、常遇春、胡大海等十大名将在民间被赞十大回族（将领）保大明。朱元璋建都南京后，大批的将士随军迁入南京，全国各地的商人、手工业者也随之而来。随着大运河逐渐兴盛，当时大约有一万两千名回族将士迁往济宁，聚居在城南越河两岸，朝廷为他们专门修建了清真寺。

明成化年间，西北珠宝商人马化龙父子和其他回族商人一样，慕名来到运河沿岸的济宁经商。一天，他们带着货物行进在运河上，不料却被当地的土匪劫持了。生死关头，济宁的回族同胞鼎力相助，救回了马化龙父子，并帮他们挽回了损失。马化龙父子非常感激，要予以报答，于是变卖了一整船的珠宝，将清真寺由棉花台街迁到了京杭大运河西岸。当时进出济宁主要是通过大运河，来济宁经商的外地人又非常多，为了方便他们下船登岸便能进寺，就把清真寺迁到了这里。马化龙父子来济宁后就定居了下来，在这里度过了一生。

清真寺坐西朝东，面对着漕运畅通的古运河，背靠商贾云集的竹竿巷和纸坊街，交通极为便利。附近水上舟船穿梭行驶，陆上车水马龙，商旅店铺鳞次栉比，呈现出一片繁荣景象。整座寺院和周围环境相得益彰，宏伟大气。到了清代康熙年间，寺院又进行了扩建，乾隆年间又钦赐重修，形成了一座"龙首"式样的中国宫殿式伊斯兰教建筑群。清真寺有乾隆皇帝钦赐的"清真寺"匾额。据说，乾隆下江南时路过此地，曾数次登岸入寺小憩。在东大寺的西侧，原先还有一座著名的寺院，人们叫它"西大寺"。两寺就像一对孪生兄弟，一东一西，耸立在古运河畔，目睹着济宁的辉煌与沧桑。如今西大寺已不复存在，留给人们的只有深深的记忆。迁居此地的回族同胞与各民族兄弟姐妹水乳交融，在济宁经济、社会的发展，以及科技、文化的交流上，都做出了重大贡献。

济宁清真东大寺（焦振炜摄）

6. 康熙驻跸凤凰台

凤凰台位于京杭运河的东侧，济宁任城区南张街道凤凰台村南。"凤台夕照"为济宁八景之一，无数古今文士学者来此登临，凭栏远眺，湖光山色尽收眼底，是济宁一大观光游览之地。

历史上，凤凰台殿堂雄伟高大、古朴端庄，四面绿树环绕，郁郁葱葱。西南临近运河和马场湖，波光潋滟，有如人间仙境，因而此地被喻为"仙岛小蓬莱"。康熙四十二年（1703），文武大臣随康熙皇帝第四次下江南，龙船沿着运河一路南下，途经济宁州。康熙皇帝听说城西有座凤凰台，地处运河北岸，南濒马场湖，风景十分别致。康熙皇帝兴致大起，急令官员们陪驾前往。他登上凤凰台，极目远望，水光山色尽收眼底——台上的建筑金碧辉煌，院内碑石琳琅满目，花木成荫。康熙皇帝于是决定驻跸在此，并即兴吟诗赞曰："台高数仞凤凰来，身入云天石磴开。岚气拥时平殿角，烟波阔处绝尘埃。西连山势窗飞翠，南听渔歌月满怀。莫负凭栏霄汉伴，湖光山色任徘徊。"这是当时凤凰台美不胜收之景的真实写照。

凤凰台的名字，也吸引着人们不断联想起与它有关的美丽故事。尤其是每当夏季来临时，凤凰台三面临水、四面来风，更有台上林木葱郁、清凉蔽日，是纳凉消暑的好去处。皇帝驻跸于此的故事传遍十里八乡后，凤凰台的影响也越来越大。人们为纪念这一胜迹，将凤凰台南的一个小村更名为"凤凰台村"。事实上，凤凰台早在宋朝的时候就已经开始修筑了。

北宋初年，这里曾被称作"风花台"，乡民们在台上遍植树木，以供行人乘凉休憩。南宋时，开始有道士在台上建寺居住，常有珍禽栖止于此，林中多有梧桐，疑有凤凰降临。后来人们在台上建寺院，大殿名为"观音堂"，并用上等檀木精雕了一只凤凰置于殿内，风花台自此改称"凤凰台"。康熙登临凤凰台后，由地方官府出资、士绅乡人集钱，进一步整修凤凰台，将高台的外形设计成了凤体的形态。阶顶门楼向南为凤头，左右两边出水石为凤耳，门楼前东西钟鼓楼为凤眼，大殿为凤脊，殿后紫竹林为凤尾，东西两殿为凤翅，自此成为名副其实的凤凰台。每当夕阳西下之时，万道霞光射入丛林之中，色彩斑斓，蔚为壮观。殿堂映着霞光，金碧辉煌，恰似一只振翅欲飞的凤凰。凤凰台的建筑风格独具匠心、形神俱备，为国内罕见。它既蕴含着鲜明的龙凤图腾文化，也象征着太平盛世下的龙凤呈祥。

宋代以后，凤凰台一带日趋繁华。明代万历年间，由河道总河军门刘东星首倡，集当地数村之力，在台上续修了观音堂。每年农历二月十九观音圣诞之日，都会在此举办凤凰台庙会。凭借运河的水运优势，南北商贾云集，东西贩运辐辏，凤凰台庙会热闹非凡，一时成为鲁西南春会之首，繁荣景象长达百年不衰。

济宁凤凰台遗址（焦振炜摄）

7. 戴庄花园三易其主

元代以来，济宁成为大运河沿岸的著名都市之一。明朝在此设立总督河道御史署，官宦、文人、商贾云集，济宁有了"小苏州"的美誉。苏州以美轮美奂的园林著称于世，济宁也拥有深厚的造园传统，城内外筑有三十多处名园。这些园林大多是运河繁盛时期由官绅和富商所建，戴庄花园就是其中一座。历史上戴庄花园的命运几波周折，在地方上传为佳话。

清嘉庆年间，出身于本地官宦之家的文士戴鉴因为家道中落，移居城北八里的姜家楼。他在那里置办了两顷薄田聊给衣食，度过余年。据考证，戴鉴的父辈以科举起家，父亲戴仰箋任河南沁阳县知县，叔父戴华龄为江苏常通海道、戴椿龄为甘肃灵台县知县，戴家当时是济宁的显宦世家。戴鉴自幼受到良好的教育，工诗善画，其诗画相融相成，浑然一体。可是在他父亲过世后的短短数年间，戴氏仕宦尽数落职。戴鉴具有很高的艺术修养，虽然生活贫苦，他却能苦中作乐，营造了一处简朴的宅园，取名"椒花村舍"。之所以叫"椒花村舍"，是因其舍旁有一片花椒园圃，外人多称之为"戴鉴别墅"或"戴园"。后来，椒花村舍所在的村落，也更名为"戴庄"。据说，戴鉴曾随叔父畅游江南，尽将江南的景致移植于自家园中。道光十八年（1838），戴鉴去世，此时的他已家徒四壁，依靠亲友的帮助才得以下葬，椒花村舍被转卖给了富绅李澍。戴鉴时期是戴庄花园命运的第一个阶段。

李澍出身于本地另一名门望族，家境豪阔。他的祖父、伯父、父亲皆出仕为官，李澍兄弟五人也都为朝廷官员。乾隆四十一年（1776），其父李钟沂给五子分家时，共计分银两百余万两，可见李家之富庶。李澍买下椒花村舍后大加扩建，栽种了十亩牡丹，改园名为"荩园"，又称"东泉别墅"。"荩园"和"东泉"分别为李澍的号和字。荩园以幽雅恬静见长，是济宁数一数二的名园。道光二十三年（1843），李澍死后葬在方庄，地点位于荩园东南约三百米处。李澍去世后，其子孙继续经营荩园。李氏时期是戴庄花园命运的第二个阶段。

光绪十三年（1887），李澍的四世孙李善虎将荩园卖给了德国天主教圣言会，但当时建设并不多。光绪二十三年（1897）巨野教案发生后，传教士安治泰、福若瑟开始营建戴庄教堂，德籍汉学家、教堂设计者威廉·冯·汉斯专程去江南考察园林后，结合荩园原有风貌，精心设计了建筑布局，将古希腊式、巴洛克式、哥特式、拜占庭式，以及匈牙利式等多种建筑风格与中国园林的自然独特有机结合起来，使西式楼房与中式园林珠联璧合。扩建后的戴庄建筑群占地二百余亩，包括大圣堂、神学院、修道院、学校和医院等，教堂北部是十余亩的"圣林"。这一时期是戴庄花园命运的又一阶段。

荩园自此变成教堂的附属花园和修士们学习静养的场所，被称为"避静山庄"。宣统元年（1909），曾任太康知县的济宁人夏联钰前来游园，有诗云："戴园十亩牡丹开，访艳车驰响似雷""树来异国新名译，竹记当年旧主栽"。由此可见，荩园牡丹仍是州人的春游胜地。园中竹木尚存，还多了从外国引进的新树种，诗中还提到园中水井安装了风轮装置，汲水相当便利。戴庄渐渐成为天主教在华活动的中心之一，据说当时从国外寄信，只需要写明"中国戴庄"即可送达。作为德国天主教圣言会总部的所在地，戴庄教堂在历次战争中得以保存下来。

私家园林是中国古典园林体系中的一个重要类型。历史上，济宁园林的影响较大，本地文人郑与侨曾经感叹："不出园，而济可知；不出济，而天下可知。"荩园的总体布局显示出北方私家园林的典型风格。清代文人吟咏荩园时，称颂其景致为"尘世蓬瀛"，将之比喻为"俗世中的蓬莱、瀛洲"，为当时州境内八大名园之冠。荩园的亭、台、楼、榭、假山、曲桥等一应俱全，布局巧妙，园中存有数十种古树，春夏之际，遮天蔽日，给人以古朴幽静之感，大有隔绝尘嚣的意境。荩园虽主要表现出北方建筑风格，但也呈现出运河带来的江南造园理念。荩园曾归属于天主教会，受到西方文化的影响，因此它成了中西、南北园林文化交融的典型实例。

（二）名人名商

1. 康乾巡行古城

清代康熙皇帝和乾隆皇帝多次下江南，驻跸济宁，留下了许多地名遗迹和民间故事。比较典型的有皇棚湾街、龙行胡同、迎龙桥、皇营等，这些地名一直沿用至今。

皇棚湾街南邻济安台里街，北靠老运河南岸，东通济安桥南路，西侧为济宁电厂北宿舍。东西走向、水泥路面，路旁为居民住宅。

相传，早年此街是一片荒地。清初于老运河南岸建天仙庙一座，庙前住有五至七户人家，皆以从事小手工业为生。据记载，康熙四十四年（1705）夏天，康熙皇帝第五次南巡，从北京通州坐龙船，沿运河来到济宁草桥西运河拐弯处。时任山东巡抚赵世显、济宁知州吴柽在天仙庙临时搭棚接驾。龙船靠岸后，康熙皇帝向迎接圣驾的赵世显、吴柽问道："现在到济宁了吗？这是什么所在？"答曰："回禀万岁，已到济宁，河南岸有座天仙庙，北岸是个穷命庄。"康熙皇帝自言自语："济宁州是块风水宝地，这里的生意不应是很兴隆的吗？怎么还有穷命庄呢？"吴柽听罢，急得满头是汗，慌忙解释："您有所不知，这穷命庄的名字是五百年以前起的，现在这里的百姓安居乐业，穷命庄里已经没有人穷了。"康熙听罢，龙颜大悦。很快，济宁的士绅公议将运河北岸草桥口西改称"兴隆街"，运河南岸定名为"皇棚湾街"，并沿用全今。

次日，康熙皇帝巡览济宁运河沿岸，行至二神庙（今济圣街南首，济阳大街路南，祀关公、火神，济圣街原名二神庙街），迎面见一僧人跪献盆草。康熙皇帝问道："所献何物？在何处当主持？"答曰："此一统万年青也。小僧法名际普，就在此地不远处的寺庙修行。"康熙皇帝听后很是欢喜，因为清朝刚刚统一全国不久，"一统万年青"的叫法太吉利了，便说道："走，我去看看。"文武官员均跟随圣驾前行。走到一看，原来只是一座小小的破庙，康熙皇帝遂命山东巡抚赵世显在此地建一座规模宏大的寺院。康熙还御笔亲书"慈灯寺"，寺院落成后镶嵌在庙门前的木制红牌坊上。寺庙旧址在原济宁食品厂院内，现在此地已盖成居民楼，慈灯寺街后与济阳大街合并。天仙庙一带因为皇帝的驾临，也成了风水宝地，居住在此的人越来越多，逐渐形成了街区。又因为此地曾经扎皇棚迎驾康熙，运河南岸改名为"皇棚湾街"。

济宁原越河商场对面路南有条坝口街，街南首有一东西走向的胡同，这就是龙行胡同。现在这里已经改称"龙行路"。这样一条小小的胡同，长不足一里，宽不盈十尺，却为什么拥有这样一个气派雅致的名称呢？据说，乾隆二十二年（1757），乾隆皇帝第三次下江南回京，沿着大运河来到济宁。富贵华丽的皇家船队首尾相接，浩浩荡荡，两岸众多挽船人和护送的骑兵与船队齐头并进，行列有序。只见马蹄杂沓、旌旗蔽空，周遭笙管横笛一片喧嚷。乾隆坐在龙舟内，一边与皇后嫔妃们饮酒取乐，一边凭窗欣赏济宁城的水乡风光。当浩浩荡荡的龙船队伍行到坝口附近时，突然狂风大作、天昏地暗，古运河波浪翻滚、河水咆哮，豪华的船队像一条巨龙随着波浪上下翻腾跳跃、左右摇摆，龙船眼看就有沉没的危险。乾隆帝急忙走出龙船四下观看，只见一位老者面如满月、龙眉凤目，他顶戴玉冠，身着员外服，从岸边急急忙忙地走下水来，舍身用肩臂护住船头。眨眼工夫，咆哮的运河变得风平浪减，那老者笑眯眯地向乾隆皇帝颔首致意，并无声言，接着出水上岸，沿坝口街南行，拐进了一个胡同里。乾隆帝更觉得蹊跷，便带领随从下船登岸前去追赶。当追至胡同西首的土地庙时，那位老者就神秘消失了，乾隆帝立即命人在庙中寻找，找了半天，都没有老者的踪影。乾隆帝很是纳闷，在庙里反复踱步思忖，始终不解疑团，便向庙中的土地神拜了一拜，正起驾欲行，却看见"土地神"身上湿漉漉的。乾隆帝忽然明白了，刚才的救驾之举原是土地神所为，一时龙颜大悦。为报答土地神救驾之恩，遂下旨封土地神为"都土地"，并令地方官员为其重塑金身，着蟒袍玉带。此后，"显灵"的土地神吸引了周边十里八乡的善男信女，来土地庙祈祷求拜者熙熙攘攘，络绎不绝。每逢农历初三、十三、二十三的土地庙会，庙内终日香火不断，热闹非凡。

中华人民共和国成立后，土地庙被拆除了，土地神也渺无踪影，但这条皇帝曾经过的胡同却得到了"龙行胡同"的美称，并一直沿用下来。20世纪90年代，这条胡同展宽成大路，被命名为"龙行路"。位于城区越河与古运河交汇处的迎龙桥亦是由此命名的。《济宁州志》中记载，相传乾隆下江南路过济宁，龙船行至此桥前，乾隆曾于坝口登岸，沿坝口街南行至龙行胡同西，拐去土地庙祭祀。

2. 陈进士择邻而居

历史上，济宁有许多士人曾考取举人、进士。这些科举之家散布在济宁的大街小巷，有些街道还以科举世家命名。陈家胡同位于城内西北隅，在市区古槐街道办事处西南部，南起州后街，北上马王庙街（今红星中路），东与学门口南街、西与州后北街为邻。清道光二十年（1840）为纪念明朝的太常寺卿陈伯友世代居于此地而得名，20世纪60年代曾一度改称"互助巷"，后来又恢复了旧名，一直沿用到今天。

陈伯友，字仲怡，号旭窗，明万历二十九年（1601）进士，先后担任过刑科给事中、河南按察司副使、太常寺卿等官职。天启四年（1624），杨涟弹劾宦官魏忠贤，陈伯友亦偕同胡世赏上疏弹劾。天启五年（1625）十二月，御史张枢弹劾他依附东林党，陈伯友遂被罢官，回到老家闲居，闭门读书。他把自己的书斋题名为"海鸥居"，经常与弟子们研习心性之学，济宁一带的许多名士皆出自他门下。他写作的著述有《尽心》《重修城隍庙记》等，后世均广为传诵。他的长子陈依箴在担任顺天府通判时，刚正不阿，有其父风范。次子陈依铭是崇祯十六年（1643）进士，被朝廷授官山西汾州府推官，未及到任就赶上了明末战乱。明朝很快就灭亡了，他也终身不仕。

相传陈伯友原籍是河南南阳，他的先祖世代读书，曾经漫游全国各地。一次与一位高姓之人乘船沿运河北来，到了济宁的南关，上岸后看到这里南北通衢、万商往来，百货云集、商业繁盛。高姓人家素好经商，没过几天就选择在河东北的七铺街定居了。而陈家人想到此处是商业区，虽可在此发家致富，但却不愿选择此地定居。后来进入城内，首先观察到城东南隅（东门大街以南，南门大街以东）多数青年子弟在唱戏娱乐，流连梨园，认为如果定居此，后世必然会荒疏学业。陈家人又闲逛到城内的西南隅一带（西门大街以南，南门大街以西），看见多处有青年聚赌，认为赌博原本就是恶习，非正派人物所为，如果定居在此，有害而无益。陈家人又去了城内的东北隅（东门大街以北，北门大街以东），看到当地有很多酗酒生事之人，又悻悻离去了。一天，陈家先祖偕友人散步，偶然走到了城内的西北隅（西门大街以北，北门大街以西），看到此处环境幽静、地广人稀，而且民风淳厚，居民很是谦和有礼。陈家人对老友说："济宁乃邹鲁之乡、人文荟萃之区，我很久前就想迁居此处。古时有择地而居的道理，大概就在于此吧。"于是集资买地建宅，世代居于此地，从此传为美谈。后来，陈氏家族成为仕宦之家，至今已经历经数百年。世事沧桑，陈氏故宅现今已不复存在，而街名却保留了下来。有关古人迁地而居、择邻而处的历史记载不乏实例，值得后人深思。

3. 潘季驯修建通济闸

从济宁向西行十余里，在安居街道火头湾村里，有一座古老的石拱桥静静地横跨在古运河之上。石桥为东西走向，单孔石拱，青石垒砌，石板桥面，石质栏杆。两侧翼墙均保存完整，石质栏杆的一侧刻有"建设桥·一九六六年"字样。它是大运河济宁段保存最完整的一个古老船闸——通济闸。

通济闸是运河济宁段的重要水工设施，建于明万历十六年（1589）。该闸横跨于古运河之上，东与马场湖相接，素称"兖漕交通之咽喉"。它是在明代著名河臣潘季驯的主持下修建的。

潘季驯一生为了治河几经生死，几经罢黜。万历十六年（1588）五月，朝廷第四次任命潘季驯总理河道。他上任后便沿河勘视河工，定夺工程如何施行。六月，赶赴济宁总河衙门。他在全面勘视的基础上，提出了整治山东、河南河工的整体计划，并进行了具体规划。经过多方勘查论证后，潘季驯要求在济宁城西老运河西岸添建一座运闸，于是上报朝廷。皇帝御批在火头湾修建一座节制闸，认为在此地建闸可以加大对船只的推动力度，并将该闸命名为"子午闸"（即通济闸，俗称"火头湾闸"）。此地处于河道转弯处，建闸亦是十分必要。"通济"，即"必通而后有济也"，安居街道有"行通济，无闭翳"的谚语，意思是正月十六走走"通济"，就会丢掉烦恼忧愁，事事顺利。每年正月十六，火头湾村及附近居民都会行走在通济桥上，以求来年风调雨顺、心想事成。这一民间活动寄托着当地人民的美好愿望，从明末清初开始，延续了三四百年。为了保障运河船只行驶安全，以"通济"命名水闸，也寄托着人们祈求平安的愿望。

关于火头湾的来历还有一些说法。据说，当时古运河水流很急，时间长了东岸被冲刷得厉害，村民就用土坯和茅草在河岸上垒砌了石墙，当时叫做"草裹头"。当地老百姓又称"中心闸"，后改为"裹头湾"，有俗语"上十三、下十三，中间夹着火头湾"，因此又俗称"火头湾闸"。通济闸的水又急又险，有"宁过鬼门关，不过火头湾"的说法。如今，闸槽清晰可见，闸基设施保护完好，两侧雁翅保存完整，在运河济宁段实为罕见。运河停运后，该闸于光绪年间改为木桥，民国时改建为石桥。

据当地人说，火头湾的名字由来已久，从元朝开始，明朝沿用。现在的火头湾村也是古运河上一个有名的村庄。原来的火头湾一带本没有村庄，是一片一望无际的沼泽水网。元初开挖运河时，沿着自然沟槽顺势挖掘，在这里形成了一个湾。运河由满营村西的杨家河滩稍偏东，向南延伸，与地球纬线构成内外八十五至九十五度，接近垂直，至唐庄村左折向东，稍偏南约一里许，缓转至正南，就这样形成了一个脖颈状河湾，因此叫做"脖头湾"。元明两代开挖运河，大多是在冬春枯水季节，动员民众、军队同时参加。军队中有火头军（即炊事班），在野外烧火做饭，往往需要找一个避风湾，使烧火不受干扰。于是便有许多军营锅灶聚集在湾中，形成一道风景线，"火头湾"的名字就这样叫开了。

一生忠心为国、一心为民的潘季驯还沿着马场湖修筑了沿湖大堤，维护运河航运的安全。自从修建了通济闸，周围人烟汇集、饭铺林立、商贸发达，还形成了火东和火西两个村庄。官府派兵丁护卫堤防、闸官负责启闭，闸背两厢有绞关壮丁。为节约用水，要聚集上百条船只结成一帮，往往长达数里许，方可开闸放水行舟。舟船经过上闸下闸是行船最危险的一个环节，故此地俗称"鬼门关"，有民间谚语为证："上闸下闸鬼门关，稍有不慎命归天。"船老大在行至上下闸之前，必须让水手们吃饱喝足，提高精气神，做好充分的准备。因此，在火头湾开火吃饭、犒劳水手是在所难免的，"火头湾"这个名字，也因此更加深入人心。通济闸历经明清王朝的更迭、民国时期的动荡和共和国风雨的洗礼，前后四百多年，仍静静地守候在古老的运河之上。

4. 玉堂酱菜"京省驰名"

济宁玉堂酱园始建于清康熙五十三年（1714），迄今已有三百多年的历史，是鲁西南地区一家久负盛名的"中华老字号"企业。它素以酱菜质优、味香、色美闻名。清中期以后，玉堂酱园开始由本地的仕宦家族孙氏经营。

晚清光绪年间，军机大臣济宁人孙毓汶在中日《马关条约》签订后得到慈禧太后的赏识，然而举国上下却对其非议不断。当朝御史趁机揭发孙家在济宁开设玉堂酱园之事，并以《大清律》中规定"官不经商"为由，要求予以惩治。孙毓汶得知后立刻向光绪皇帝申奏，解释称玉堂酱园是一个小买卖，并无侵害、争夺民众利益之处。后经慈禧太后传话召见，听其当面陈奏后，派官员到济宁查证。直到官员回奏"孙言无讹"，皇上才不再追问此事。"玉堂风波"过后，孙毓汶为了讨好慈禧太后，将玉堂酱园精制的上等酱菜、酒类等产品敬献朝廷。慈禧太后品尝后大加赞赏，令玉堂酱菜等作为贡品每年送进皇宫，进宫的八种酱菜被称为"宫廷八宝"。从此，玉堂酱园便有了"京城驰名，味压江南"的美誉，产品畅销大江南北。宣统二年（1910），玉堂酱园的远年酱油、什锦萝卜、佳制冬菜在南京召开的"南洋劝业会"上获优等奖章。民国三年（1914），在"山东省第一次物品展览会"上，玉堂酱园42种产品参展，有 35 种获奖；民国四年（1915），在美国巴拿马太平洋万国博览会上，济宁玉堂的万国春酒、宴嘉宾酒、冰雪露酒、金波酒、酱油获五块金牌，酱菜获奖词。

玉堂酱园初名"姑苏戴玉堂"，是由苏州籍船户戴某创办的。最初，戴某经常乘船沿运河来往于各府州县间经商贩运，他看到"济宁州，赛银窝，生意兴隆买卖多；南门口枕着运粮河，交通方便行商多"，是个开作坊、做买卖的好地方。后来积累了一笔资金，他便弃运经商，在南门口外的运河南岸买下了一方宝地，因陋就简地盖了三间门头，垒起了简易柜台，雇用了几个伙计，就这样开起了酱菜铺。因开店铺讲究字号，戴某为了开市吉利、生意兴隆，按天干地支进行推算，取店名为"玉堂"。又因他原籍苏州，故名"姑苏戴玉堂"。

起初"姑苏戴玉堂"规模较小、本少利薄，东家加上伙计不过十人，产品也只有酱油、黄酱、醋等，另外经营几种江南小菜。产品主要是从苏州"潘万成酱园"贩销的各种酱菜、腐乳，以及在本地贩销的酱油、食醋等。由于酱菜大多是从南方贩运过来的，色、香、味各具特色，但由于当时南北方饮食口味的差异，这些酱菜并不适合济宁本地人和广大北方客商的口味，因此在开业之初，玉堂酱园的头卖并不兴旺。另外，贩运酱菜需要较多的流动资金，但戴某个体经营，资金短少，周转经常发生困难，以致后来经营日渐萧条，每况愈下，难以为继。到了嘉庆年间，济宁德聚药材货栈经理冷长连联合时任两江总督的济宁人孙玉庭将"姑苏戴玉堂"买下，在经营方式上，改最初的贩运经营为就地取材、自产自销。两家置地造房、重建门头、扩大作坊，并增加产品、改善工艺、合伙经营。直到光绪年间，冷家主动提出退股，玉堂酱园转为孙家独资经营。玉堂酱园凭借着独特的工艺和良好的商业信誉继续发展，不断壮大。如今已经发展为玉堂酿造总厂，玉堂酱菜被评为山东省名牌产品，是国家认证的"中华老字号"。

玉堂酱园重视品牌的文化与广告宣传，两块葫芦形的招牌颇具特色，一块上写着"姑苏老店，进京腐乳"，另一块上写着"姑苏老店，家园伏酱"。字号老、招牌也老，一挂就是上百年，本身就是最好的广告，这两块招牌至今还保存在酱园陈列室里。历经三百多年的经营，玉堂酱园的制作技艺已作为省级非物质文化遗产得到保护。其"诚信为本""让利与民""货真价实""童叟无欺"的商业精神，展现出中华民族的传统美德。

5. 谷振昌经营兰芳斋

位于济宁南门桥南的兰芳斋，是一家专门经营苏式糕点的食品店，有"糕点与果品大王"之称，誉满冀鲁豫。它的创办，亦是大运河促进南北经济文化交流的产物。兰芳斋创始于同治年间，以生产各式中式糕点颇具盛名。其古法制作工艺传承百年，深受广大消费者追捧与信赖。这一商号的创立，离不开济宁人谷振昌的努力。

谷振昌自幼年时期就羡慕商贾，其伯父在济宁大闸口开设布店，他少年时曾多次求告伯父想到布店学习经商，却遭到训斥，未遂心愿。但他并未灰心，仍立志经商。十七岁那年，他经人介绍到一家杂货店当学徒。他进店后，白天干活，晚上自学，读书习字皆专心致志，经常学到深夜。在济宁烧酒胡同开杂货铺的王绪庭每天晚上回家路过，见他如此勤奋好学、有恒心，觉得这个年轻人将来一定能够成才。于是通过同行的说合，王绪庭与何家商妥，把谷振昌聘为自己的助手。在谷振昌的帮助下，王绪庭的生意由原来一间门面的小杂货铺逐渐扩大，开始经营山珍海味、调料食品等，生意日渐兴隆，营利逐年增加，资金也有了积累。这时谷振昌向王绪庭提出了扩建门面、增设作坊，以制作糕点的想法，并分析了多方面的有利条件。王绪庭同意后，拿出五百吊钱作为资金，开始了新的经营。

原杂货铺距离闹市区吉市口不远。吉市口地处运河南岸，东接天井闸（大闸口），南靠布市口，西邻税务衙，北连南门桥，是东西南北交叉的十字路口。经多方协商，谷振昌在吉市口南端路东兴建了门市部和作坊。筹建的一切事宜均由谷振昌亲手操办，"前店后厂"的经营方式也由他筹划安排。门面高大宽敞，气派壮观。清同治末年新店落成，定名为"兰芳斋"。

为进一步适应南北客商和地方群众的需求，把生意做得更好，谷振昌亲赴冀州聘来了几位糕点师傅，然后转派他们去苏州学习南方糕点的制作方法，能够制作许多带有江南风味的糕点食品，随即挂出"江南兰芳斋"的招牌。从此名声大振，生意越来越好。光绪四年（1878），东家王绪庭年迈退出，谷振昌任兰芳斋经理。从此，兰芳斋又有了新的发展。老东家王绪庭去世后，其子王松斋虽然子承父业，但因谷振昌奠定本店基业且治店有功，他事事都听从谷振昌的统筹，处处以长辈待之，一切事务仍由谷振昌总管料理。

谷振昌运筹帷幄、决策果断,兰芳斋经营有方、管理有序,有一整套生意经。兰芳斋生产的糕点花样繁多、品类齐全,对南北风味兼收并蓄,具有色、香、味、形上的独到之处。技艺上精益求精,采取"请进来、派出去"的办法,学人之长、补己之短。在生产管理上,严格把守质量关,原料均选取优品,做到一丝不苟。兰芳斋生产糕点还注意掌握时令季节,产销应时商品。在经营管理上,强调"货真价实,童叟无欺",每个店员必须以此作为信条,严格遵守。坚持让顾客高兴而来、满意而归的服务态度,形成了一种自然的商业道德规范。

为占据城内市场、扩大经营范围,于光绪三十年(1904)在城内中心院门口街斜对路东兴建了兰芳斋北店,同时在外塘子街营建货仓八十多间。这时,兰芳斋共有南北两店、一仓两坊,建筑规模比初建时扩大了一倍还多。除自产自销各种糕点果品外,还经营海味、杂货、各种调料,品类达百余种,形成了产、供、销一条龙,生意发展到鼎盛时期。在1918年的山东省物品展览会上,兰芳斋有五种糕点获得银牌,这五种糕点是玉带糕、云片糕、玉笋糖(蒲菜根式)、蜜查糕、蜜嫩枣色。

谷振昌在搞好经营管理的同时,还注意同当地名流学者的交往联系,以扩大店铺在社会上的影响。当时济宁的著名书画家蒋荫南、赵桂生等均为兰芳斋的座上客,店内很多墨迹都出自名家之手,牌匾、标签、制模字样、店内装饰、包装装潢等,都由他们写画设计。艺术构思标新立异,不仅制作精美,而且造型文雅别致，赢得了外地客商和城乡主顾的赞赏。

在兰芳斋创建、发展直至全盛的整个过程中，谷振昌表现出了创办品牌和经营管理的卓越才能，他为兰芳斋的百年大业打下了坚实的基础，并为这一商号的发展做出了不可磨灭的贡献。谷振昌的名字连同他所创建的兰芳斋商号，将会永远留在济宁城乡民众的记忆中。

（三）文脉文艺

1. 名门望族孙半城

清代济宁的孙氏家族是山东文化史上显赫的官宦世家。老济宁流传有这样的说法，"济宁州，十万家；四大金刚，八大家；百万富翁是吕家，东门扎彩的老王家，最盛还是老孙家。"有关孙氏家族的民间歌谣还流传着多种版本，如"半城财富是孙家，半城大院是孙家，半城文章是孙家，半城人才是孙家"。于是，孙家早先被赞誉为"孙半城"。

晚清时期，经营玉堂酱园近三百年的孙氏家族，曾在济宁拥有大约四万亩土地，在城里和乡间拥有三百多幢房屋，当地流传着"骑马不踏外姓路，马饥不吃外田草""城外有庄，庄外有城"的说法。清朝末年，曾连续三届状元出自孙氏家族。在这些家族骄子中有的还担任军机大臣、封疆大吏、大学士等朝廷要职。

乾隆年间的孙扩图是孙氏家族兴起的转折点，其祖辈、父辈只是一般的秀才，都没有做官，他是第一个通过科举进入仕途的人。其子孙玉庭，于乾隆四十年（1775）考取进士，后来官至封疆大吏，官居一品。孙氏家族从此成为北方著名的仕宦与文化世家，其家族兴盛的故事要从孙扩图父子为官说起。

孙扩图年幼时聪慧过人，读书过目不忘，得到老师的赏识。十九岁那年，他参加三年一次的乡试，顺利考中了举人。第二年，他进京想博取更高的功名。在京师求学期间，他先后拜汪由敦、赵副宪等人为师，获益匪浅。虽然在京城有过求学经历，读书也算刻苦，但是孙扩图的科举之路却很是坎坷。经历了两次会试的他，只是考中了一个明通榜（即三甲之外又录用的一批科举士人）士子，最终只能赴掖县书院担任教谕一职。在掖县任教期间，为人刚正的孙扩图不但颇受学生尊敬，而且也得到了时任山东巡抚杨应琚的赏识。最终在杨应琚的保荐下，孙扩图前往浙江乌程县（今浙江湖州）担任知县。他曾先后担任浙江乌程、缙云、嘉兴、钱塘四县的知县。

孙扩图在钱塘任县令期间，他所辖境内的山中居住着一些明末战乱时的避难者，其后人依旧穿着明朝服饰，而且从不进入县城。一天，有人报告官府说他们正在策划谋逆，知府准备派大军围剿。孙扩图担心大军一至，生灵涂炭，因此建议自己先入山侦察，如果那些人真的有反叛迹象，知府再发兵也不迟。孙扩图乔装改扮进入山中，结果发现那些人都是普通的良善百姓，于是公开了自己的身份，并力劝他们改变发饰、服装，服从清政府的管理。孙扩图处理完毕后，据实向知府报告情况，打消了朝廷的顾虑，上千户百姓幸免于难。

孙扩图为官虽然品级较低，但他却勤政爱民、克己奉公、执法谨严、刚正不阿，做到了两袖清风，是一个典型的循吏。并以超人的才干和高尚的品格，培养、教育与影响了后辈子孙。

孙扩图的第三子孙玉庭，于乾隆四十年进京参加会试，殿试中进士三甲第七名。此后，孙玉庭先后担任河道、盐道、广西巡抚、贵州巡抚、云南巡抚、云贵总督、两江总督、体仁阁大学士等，在乾隆、嘉庆、道光三朝为官，为封疆大吏四十年。相传，当年孙扩图从邸报上得知儿子孙玉庭进士及第后，立刻引用《朱子家训》末后数语，告诫在北京的儿子，读书的目的是做贤人，而不是当官，为官要心存国家，不能只为自己。据说，孙玉庭初入官场时，因才华出众，曾受到当朝权臣和珅的特别关注。和珅想把孙玉庭笼络到自己门下，但他怎么也没想到，年纪轻轻的孙玉庭人际交往非常慎重且自律。当时，朝野上下都知道和珅权大势大，不少人都想方设法依附讨好，或求升官发财，或求平安庇护，或不得已而为之，只有孙玉庭始终保持着一身清正自律的方刚正气。和珅笼络不成十分恼火，便多方陷害孙玉庭。

孙玉庭之后，孙氏家族人才辈出。孙瑞珍、孙毓溎、孙毓汶、孙楫等在清朝连续几代为官。自孙扩图开始，历经清朝中后期一百六十余年，孙家成为北方的名门望族，家族之盛在全国亦属罕见。

2. 孔尚任创作《桃花扇》

孔尚任（1648—1718），字聘之，又字季重，号东塘，自称云亭山人。山东曲阜人，孔子第六十四代孙，清初诗人、戏曲家。孔尚任继承了儒家思想传统，自幼熟习礼、乐、兵、农，还考证过乐律，为后来的戏剧创作打下了基础。孔尚任以文学成就而著名，尤其是创作了《桃花扇》传奇后，很快蜚声剧坛。他波澜起伏、荣辱沉浮的一生，也充满戏剧性，这都与康熙皇帝有着直接的关系。

孔尚任早年的人生经历为后来创作《桃花扇》提供了素材。作为深受儒家文化熏陶的文人，孔尚任渴望进入仕途，建立功名。但在科举考试中，他连乡试都没有通过。于是他典卖了家中田地，捐资纳了一个"例监"（国子生）。三十二岁时，孔尚任在石门山开始了隐居生活，他从族兄孔尚则那里听到李香君血溅诗扇的故事，以及南明王朝灭亡的史事，就想利用这些材料写一部戏剧。作为家族中较为出众的读书人，康熙二十一年（1682），三十五岁的孔尚任应衍圣公孔毓圻之请，修《家谱》与《阙里志》，受到赞赏。康熙二十三年（1684），康熙皇帝南巡回京经过曲阜，祭祀孔子。孔尚任被推荐到御前讲经，受到赏识，后被破格任命为国子监博士，赴京就任，他的人生从此发生了转折。据说，当时孔子墓前石碑篆刻字样为"大成至圣文宣王墓"。康熙帝前往凭吊孔子，等各种供品都摆上后，康熙上前准备跪拜，但看到墓碑上的字后不由得皱眉停住了，众人都愣住了。原来，皇帝是只拜师不拜王的。孔尚任立刻明白了其中的道理，于是他马上叫人拿来一匹黄绸，把碑文中的"文宣王"三个字盖住，并添上"先师"二字，遂为"大成至圣先师"。康熙帝看后，才开始祭拜。

孔尚任创作《桃花扇》的一个重要动力是自己的一段特殊人生经历。康熙二十五年（1686），孔尚任被派往扬州一带帮助办理治河事宜，临行前还受到了皇帝的接见，他十分感念皇帝的知遇之恩。康熙二十七年（1688），孔尚任邀请了二十四位名士在瘦西湖畔红桥畅饮，与宴者纵情山水、歌咏吟唱，成为扬州文坛的一段佳话。康熙二十八年（1689）春天，康熙皇帝来到扬州巡视河务，孔尚任被召前往汇报治河情况，受到皇帝的赏赐。三年的治河生涯让他对官场生活有了更加深入的了解。在此期间，他的足迹遍布于扬州、南京一带，这里正是当时很多明朝遗民流寓的地方。孔尚任写一部有关明代兴亡戏剧的想法进一步萌动，他凭吊梅花岭、秦淮河、燕子矶、明故宫、明孝陵等名胜古迹，结识拜访冒辟疆、邓孝威、石涛等明朝遗民，广泛搜集明朝的野史佚文。这些都为孔尚任写作《桃花扇》积累了更多素材。几年的官宦生活，使他进一步了解了官场的腐败和百姓的痛苦，也唤起了他强烈的创作欲望。康熙二十九年（1690），孔尚任回京，开始了十年京官生涯。经过十年的酝酿和写作，中间三易其稿，中国著名传奇剧本《桃花扇》终于在康熙三十八年（1699）完稿。《桃花扇》一经问世，便轰动了当时的文坛，王公士绅争相借抄，以至有一时纸贵之说。戏剧不仅在北京频繁演出，而且流传到了偏远之地。《桃花扇》

的轰动还惊动了宫廷，连康熙皇帝都派人急索剧本，但这并没有给孔尚任带来好运。

《桃花扇》借离合之情抒发兴亡之感，以巨大的艺术感染力，吸引了众多读者和观众。它在明朝遗民中的反响，侧面说明这个剧本在当时对清王朝的统治是不利的，所以孔尚任很快就被朝廷借故革职。他百思不解，游走京城，力图找到被罢官的原因。康熙四十一年（1702）腊月，孔尚任怀着悲愤的心情回到了家乡，过着清苦寂寞的生活，抑郁而终。孔尚任的出仕是戏剧性的，被罢官更是戏剧性的，这种戏剧性的人生道路，出乎意料，让人不能自主。《桃花扇》以复社名士侯方域和秦淮名妓李香君的爱情故事为线索，在广阔的历史背景之下，再现了南明弘光小朝廷在划江自守、拥兵百万的情况下迅速败亡的历史悲剧。为了用历史的经验教训来感染观众，孔尚任非常注重历史的真实性，甚至次要人物及具体事件的发生地点都并非出自虚构。《桃花扇》的剧本将以物为线、以事为线的传统叙事方式运用得淋漓尽致，它代表了中国古代历史剧作的最高成就，是我国传统剧本中的杰作之一。

3. 张伯行兴学重教

清朝康熙年间，有一位名闻朝野的清官张伯行，深受人们敬仰和爱戴，康熙皇帝赞誉他"操守为天下第一"。康熙三十一年（1692），张伯行补授内阁中书，从此步入仕途，历任山东济宁道、江苏按察使、福建巡抚、江苏巡抚、户部右侍郎等职，雍正元年（1723）官至礼部尚书。他为官所至，重视文教，以兴学育才为己任，不仅是著名的官员和理学家，还是著名的书院教育家。

康熙四十二年（1703），张伯行赴任济宁道。恰逢灾荒之年，百姓流离失所，济宁饿殍遍野。面对灾荒，他从家里调来钱、米赈济灾民，倾家财购买、制作棉衣分发给饥饿受冻的路人。任职济宁期间，他系统地提出了运河治理方案，并将治河心得写成《居济一得》一书。在济宁三年，他捐资修建书院，发展地方教育，用心良苦，为清代书院的发展做出了积极贡献。任职期间，他发现江苏、山东接壤之地夏镇"人文甚盛"，便于当年捐俸倡建夏镇书院，让两省的士子到书院读书，"一时人文蔚起"。夏镇书院成为当时山东、江苏两省交界地区有重要影响的书院。济宁原有的济阳书院年久失修、房舍坍塌，张伯行捐资重修，使之焕然一新，恢复了往日的教学，史载"集士子讲道课文，兴起甚众"。他还拿出自己的藏书供人习读，公务之暇经常到书院讲学。史学家说，张伯行治民以养为先，以教为本，所至问民疾苦，宣布朝廷旨意，尤汲汲于兴建书院。

张伯行不但重视书院的修建，而且也很重视书院的管理和教学。康熙四十二年（1704）写成《白鹿洞学规衍义》，对学生读书学习的方法做出详细规定。他倡导理学，"以朱子所定学规为纲，而集经史及诸儒之论以实之"。张伯行所编《学规类编》虽是在后来的福建任上付梓的，但《张清恪公年谱》中的记述清楚表明书稿在济宁已成，其中教学实践的方法也是在济宁的书院率先实行的。夏镇书院和济阳书院的教学实践，为后来福建鳌峰书院和江苏紫阳书院的建设提供了成功经验。

为把书院真正办成弘扬理学、培养人才的基地，他亲自挑选治学严谨、操守清廉的著名学者担任山长。夏镇书院建成以后，张伯行请本地的饱学之士秦某主教。可见张伯行始终把教养人才、振兴正学作为自己义不容辞的责任。张伯行具有朝廷命官和理学家的双重身份，他修建书院尊奉程朱理学，这既有执行朝廷旨意敷治教化的目的，但在更大程度上又是其个人学术取向的体现。在济宁任职期间，他还亲自校定学生的读本，以弘扬程朱理学为己任，传抄普及儒学理学名著，将其理学思想充分运用到书院的教学实践中，是一位躬行的理学实践者。张伯行的这些举动，使清代济宁一带的书院得到较好的发展，在全国起到了很强的示范作用。

4. 端鼓腔传唱百年

端公腔是流传于鲁西南微山湖地区的一种民间演唱艺术形式，其伴奏乐器为羊皮鞔成、四周缀以铁环的端鼓。表演者将鼓端在手中，边击鼓边演唱，故又名"端鼓腔"。

关于端鼓腔的来源有着不同的传说故事，一说是唐王李世民为了给西宫李娘娘治病，还愿"敬天敬地"，便在金銮殿张灯结彩，请人唱戏四天四夜，所唱腔调经过演变就成了现在的端鼓腔。又一说是唐王李世民死后，后人为了替他还愿，搭高棚、设香案、摆大供，祭坛之后唱的就是这种端鼓腔。但从演唱形式与流传情况来看，端鼓腔是由江苏扬州一带的香火戏演变而来的。清初，山东南部形成了五百里水面的南四湖。后有扬州兴化一带不少渔民迁徙来此，带来了当地民间流行的以锣鼓伴奏演唱的香火戏。后来久居微山湖，逐渐改用当地方言演唱，并在演唱中陆续吸收运河号子、民间俗曲，又融入了当地流传的民间故事，形成了独具特色的端鼓腔。

南阳镇上流传着这样一个故事：端鼓腔一开始并不是渔民演的，在没有南阳湖之前，大约在唐朝，南阳镇上就已有唱端鼓腔的，而且其中三个人唱得很有名气，他们是杨荣、挂风、申士海。有一年，黄河北一个占山为王的大王发了大财，准备还人头愿（即用人头祭神），并慕名前来把请三人去唱端鼓腔。这三个人长途跋涉，来到黄河北，住进了大王家。他们还看到两个小孩，一男一女，长得白白胖胖，招人喜爱。这三个人在大王家一住就是三年，每天好吃好喝地招待，那两个小孩也和他们一样，什么也不用干。这三人纳闷，既不让走，又不让人唱戏，不知是什么原因。

这天时限已到，大王告诉三个艺人，第二天就要唱大戏还人头愿了。这三人明白了，看来两个小孩性命难保。他们把事情的缘由一说，两个小孩才明白，并请求三个艺人解救他们。艺人问："你们在这里生活的时间长了，听没听到大王念叨过什么？"小孩回答："听到过，什么前腿弯弯后腿直，腰里勒着个破狗皮，若问我是怎么死，打铁累死的。"三个艺人听后，告诉他们，第二天把酒烧得冒火浇到身上时，千万别摇头。

祭神开始后，三个艺人边唱边跳，他们把酒烧得冒火，泼到小孩身上，小孩没摇头。三个艺人解释说："没摇头说明神没来，还愿用猪用羊不用人，用人跳不下神。"山大王急忙让手下人牵猪牵羊，艺人又开始唱、跳，把酒烧冒火，浇到猪羊头上，烫得猪羊直摇头，这时他们开始念叨："前腿弯弯后腿直，腰里勒个破狗皮……"山大王赶紧命人杀猪宰羊，摆上供神。

结束后，山大王给赏钱，三人不要，最后给他们一件龙袍，三人更不敢要。山大王不同意，他们只得带着龙袍往家赶。等了三年，家里人以为他们三人已遭不测，所以都披麻戴孝。不料他们死里逃生，家人悲喜交加。为了庆祝团圆，扎好戏台，穿上龙袍，唱起端鼓腔。从此，端鼓腔在南阳镇流传开来。

端鼓腔，又称"端鼓""打端鼓""端公腔""端供腔"，近年来又有称"端鼓戏"的，是一种以说唱故事为主，兼有简单舞蹈动作，并配有打击乐的说唱形式。原为湖上渔民在捕鱼前举行"敬大王"祭神仪式时所用，主祭人古称"端公"，所以也叫"端公腔"。清道光、咸丰年间，端鼓腔已经以微山湖为中心，在整个南四湖地区广为流传，并流传到了东平湖的湖民之间。

古时渔民识字的极少，端鼓腔传艺都是口传心授，所以至今没有发现相关文字记载。当时的渔民过着"船底无根，四海为家"的漂泊生活，哪个湖的渔汛好就往哪里去。端鼓腔传艺大部分是祖辈相传，也有认师学艺的，但比较少。它凝聚了微山湖地区人民的才艺和智慧，保留了独具特色的湖区民间艺术及风俗。如今，端鼓腔已列入山东省第一批省级非物质文化遗产、第三批国家级非物质文化遗产。

5. 康熙赞誉南阳镇

南阳镇位于微山湖北端的南阳湖中，古老的京杭大运河穿镇而过，为此地带来了富庶与繁华。镇内街道沿河而建，商铺傍河临街，河水、绿树、古巷、古屋相映，充满了江北水乡气息。明隆庆元年（1567），漕运新渠经过南阳，这里成为运河上的重要码头。后来南阳逐渐发展为繁华的水乡市镇，成为与扬州、镇江、夏镇齐名的明代"运河四大名镇"之一，繁荣兴盛长达数百年。

康熙、乾隆皇帝南巡时都曾被这里的水乡风情、自然风光所吸引，曾多次在南阳镇停靠，留下了皇宫所、皇帝下榻处、堂房、康熙御膳房等遗迹。皇宫所遗迹位于南阳镇老商业街上，它的前身是马家祖传的民宅，大门上方悬挂一块写有"明道遵径"四字的牌匾。始建于明末清初，距今已有三四百年的历史了。康熙皇帝在位期间，曾先后六次南巡，第一次乘船路过南阳镇时就对这里的景色风光、乡土人情大加赞赏，向众人连连称赞此地不愧为"江北小苏州"，并直言以后还会再来。皇帝的夸赞让南阳人激动不已，镇上的官员开始谋划，为争取下次能让康熙皇帝多住几日，决定在运河岸边，依托马家民宅改造一座皇宫所。于是，官员们召集了镇上最好的泥瓦匠、石匠、木匠等几十人，花了数月的时间才把皇宫所建好。工匠们在得知这是为康熙皇帝专门建造的住所后，都坚持分文不取，只求皇帝能够早日下榻皇宫所。

康熙四十四年（1705）初夏，康熙皇帝南巡途中再一次到了南阳。他得知当地人民为其精心建造了皇宫所后龙颜大悦，夸赞南阳镇的百姓勤劳聪慧，称运河岸边的工匠都是能工巧匠，并亲书五言绝句一首。一天，康熙看到马家的老奶奶在屋中纺线，心中十分感触，称赞其"富而不溢，勤俭持家"，赐"崇俭堂"堂号，亲题"善行可风"匾，并印御赐予马宅，以示厚爱。这块匾额被马家后人一直珍藏，还专门为其建了匾房。在南阳期间，康熙在皇宫所里休息、办理公务，还深入到周边的住户家中体察民情，据说夜晚还曾和百姓在运河岸边拉家常、话古今，与民同乐。康熙皇帝当年曾在皇宫所画了一幅雄鹰图，可惜在20世纪60至70年代被毁。康熙皇帝还赐予马家一个"滚龙绣锦毯"，覆盖在其迈过的门槛上。据说，在清代看到这个滚龙锦门槛，如见君面，无论官职大小，走到这里都要行大礼，文官下轿，武官下马。

更为当地民众津津乐道的是，康熙皇帝南巡时曾在南阳镇福满楼吃了一顿"满汉全席"，全席共有136样菜肴，满汉官员同桌用膳。皇帝吃得津津有味，尤其是对南阳湖的鱼虾赞不绝口。当他看到满汉和谐共处、亲如一家，想着盛世清明、国泰民安，欣然挥毫题写了"和合居饭庄"。从此福满楼改称"和合居饭庄"，当地人把这里说成是"康熙御宴房"，至今南阳镇仍留有这处古迹。

如今，南阳古镇特有的历史韵味仍在，小桥跨过运河，青青的石板路、长长的门板房、幽深的街巷，依然保持着那份古朴。这里有浩渺的南阳湖、清澈的运河、古朴的民风、错落有致的民居、轻快迅捷的小舟、千顷荷花，以及碧水蓝天、野鸭、苇草，堪称天然的水上乐园，过往的人们无不为这里的水乡风光而陶醉。

6. 乾隆夏镇留佳话

夏镇古城位于昭阳湖东岸，古运河自西向东南，从城中蜿蜒穿过。历史上的夏镇是苏鲁两省、沛滕两县的交界处，自然景色和人文景观独特，文物古迹众多，也留下了许多故事。乾隆皇帝六下江南，三次途经微山湖，游览夏镇及乐道庵，微山湖地区流传着不少有关他的故事。相传，当时夏镇的大小官员均头顶香盘，在运河两岸跪接圣驾。乾隆看到夏镇臣民跪拜迎驾，心中甚喜，诗兴大发，遂吟诗一首。吟罢，乾隆皇帝兴致未尽，于是又以夏镇和南城里的景色为题，分别赋诗一首。《夏镇八景》曰："三绝高碑透玲珑，泗亭问渡汉家封。贤孝坟中葬贤孝，清风潭下见清风。姜肱故里戚城外，运河环绕碧霞宫。昭阳湖中船千艟，仙人桥下水喷龙。"《夏镇南城八景》曰："家后峻岭藏虎地，门前清风卧龙潭。一碑三孔夺锦绣，三十六对井温泉。古刹神林七十二，九九重重十八弯。五经四书人才有，魁星贪杯误点元。"这些诗句涵盖了故事、传说、纪事等内容，洋溢着浓郁的传统文化气息。

相传有一天，乾隆来到了文庙，当时的文庙是地方上的学校。乾隆听到有读书之声，非常高兴，便循着声音进了学堂。教书先生是位秀才，见来人气度不凡，赶紧把乾隆请到里边，吩咐看茶。乾隆喝着茶，随手翻阅学生的考卷，无意中发现一个姓李的学生，字写得漂亮，笔迹丰腴饱满、风流潇洒。乾隆暗道此生有些才干，便让先生把他叫到跟前，详细询问了年庚、出身，然后道："我出一题，你可能答对？"这学生虽感莫名其妙，但也并不紧张，答道："但出不妨。"乾隆一听，提笔写道："玉皇出征，云旗雷鼓，风刀雨剑天作阵。"等他写完，学生接过笔来略加思索，一挥而就："龙王设宴，日球月灯，山肴海酒地为盘。"乾隆大喜，当即给他修书一封，让他赶快进京赶考。李家学生次日登程，不料赶到京城已误了考期，只落得乘兴而去，败兴而归。

乐道堂与乐道庵的故事，源于乾隆皇帝到夏镇游览时，突然感到腹中饥饿，正好在城北角看到有一尼姑在庵内做饭，便上前讨要。尼姑向乾隆呈上用粗粮做的"盘天卧龙墩""红嘴绿莺哥"。乾隆吃得甚是香甜，连连称赞。回到宫中，乾隆仍一心想着这两道菜，可御厨就是做不出当时的味道。于是命人传唤老尼姑进宫，谁知老尼姑却以"饥不择食，渴不择饮"为由拒绝了皇帝。乾隆明白了其中的道理，便命人在北京和夏镇分别建了乐道堂和乐道庵。

儿童巧对诗的故事，说的是一次乾隆路过微山湖，已近黄昏时分，抛锚上岸休息。乾隆看着眼前一派静谧的景色，即兴说道："猫上茅屋风吹毛动猫不动"。这时，一个正在岸上玩耍的男孩儿立即对道："虎喝湖水浪打湖湿虎不湿。"皇帝大惊，又道："锡匠打锡锡溅锡匠一膝锡。"那男孩又对："面夫罗面面飞面夫一脸面。"乾隆十分高兴，连连称赞道："奇童，奇童！"

屠夫对联惊天子的故事，在民间也流传较广。据说，有一年，乾隆路过微山夏镇，见运河东岸一户人家家门十分气派，大门上贴了副对联更了不得，上联是："数一数二大户"，下联是："惊天动地人家"，横批"先斩后奏"。皇上看后不悦，命人把这家的主人找来问个明白。这家主人十分惊慌，匆忙向皇上解释："我家老大是卖烧饼的，数一数二地卖给人家；老二是擀鞭炮的，一点火就是惊天动地的一响；我是杀猪的，先杀猪后交税，所以是'先斩后奏'。"乾隆听后龙颜大悦，说道："写得好，赦你无罪。"

夏镇的民间故事大多与微山湖区风物、民间智慧人物有关。不少民间故事在长期流传的过程中，经过了劳动人民的艺术加工，成为优秀的民间文化遗产。这些故事表现了劳动人民的机智幽默和非凡智慧，寄托了人们对家乡的热爱之情。

五

鲁南水乡——枣庄

枣庄是京杭大运河由苏入鲁的南大门，枣庄段运河至今仍发挥着重要的航运功能。滕州市地处微山湖东岸，峄城区运河水驿、船闸棋布南北，为南北航运之冲，历史悠久，名人辈出。在京杭大运河开通后的数百年中，枣庄同样也涌现出了不少著名人物，展现出中华民族的优秀品质和精神风貌。在枣庄运河最南端，台儿庄古城依水而建，因水而兴，是一座建筑风格独特、文化底蕴深厚的水乡古镇，被誉为"天下第一庄"，是山东运河上一颗闪亮的文化明珠。

（一）运河名镇台儿庄

1. 蒋鸣玉捐修台儿庄

　　蒋鸣玉，字楚珍，是一位在台儿庄城市发展中做出过很大贡献的人物。蒋鸣玉是明镇江府金坛人，考中进士后，曾担任台州府推官，时时以当好官、当清官自警。

　　清顺治四年（1647），蒋鸣玉担任兖东道兵备副使，带头重建台儿庄，这与台儿庄在商业方面的重要地位密不可分。明代治河官员舒应龙、刘东星、李化龙都为开凿泇河付出了大量心血。万历三十三年（1605）前后，开凿泇河的工程基本完工，在保证京杭大运河南北畅通、漕粮顺利北运、加强南北经济文化交流方面发挥了重要作用。曾经担任总理河道的工部右侍郎曹时聘上书，请求在泇河沿线设置巡兵、驿站，设立公署、河官。泇河开通后，每年有近万艘漕船和数万艘商船经过台儿庄，大量船民和商贩在台儿庄停留、交易，给当地带来了巨大商机，同时改变了台儿庄百姓的思想观念。他们由农转商，积极从事手工业、渔业、运输业，台儿庄百姓中超过一半都是商人。一到晚上，台儿庄运河上船只川流不息，岸上绵延十里的酒店茶肆灯火通明，丝竹歌声悠扬，一直延续到深夜。

台儿庄古城（孔阔摄）

台儿庄商贸聚集，逐渐成为一个运河商业中心。万历三十五年（1607），台儿庄开始修筑城池。但是时间一长，特别是经过了明清易代，城垣逐渐坍塌破损。蒋鸣玉担任兵备道，不仅身负地方治安之责，更关心百姓的安全与疾苦。他认为台儿庄是运河要道，人口聚集，商铺众多，兵痞土匪垂涎，经常遭受骚扰。要是没有城垣的保护，一旦发生危险，百姓无法防守，就不得不背井离乡，四处逃难。此外，台儿庄是漕船必经之地，直接关系漕运的畅通。一旦发生意外，南至吴越，北到京城，都会因此而震动。蒋鸣玉经过深思熟虑，打定主意，一定要把台儿庄的城墙修建起来，维护商埠的秩序和城镇的安全。

蒋鸣玉对同僚和百姓说："现在台儿庄人口众多，要想安居乐业，免受土匪的骚扰，就要大家一起努力，把城垣修起来。"这个想法得到了大家的一致赞同。有的百姓听说后非常激动，称赞蒋鸣玉说："蒋公替我们着想，主持修建城垣，真是为民造福的好官呀！"当时台儿庄刚刚经过战乱不久，百姓大多生活拮据。蒋鸣玉带头捐出俸禄，同时明确声明，这次修城是大家的事情，全凭自愿，绝不强派民工。当地的官员和百姓都十分拥护蒋鸣玉，纷纷解囊助修城垣。蒋鸣玉倡修的台儿庄城垣依傍运河，东西长三里，南北长二里半，城高一丈二尺。在城垣修筑完成后，峄县管河县丞署就由峄县移至台儿庄大南门内一百米的地方。从此之后，台儿庄有了城垣的保护，百姓生活也渐渐安定下来。

2. 乾隆御赐"天下第一庄"

　　台儿庄区为枣庄的市辖区,位于山东省最南部,地处苏鲁交接之处,素有"山东南大门"之称。京杭大运河开通后,台儿庄从一个普通小村庄一跃成为运河名镇。台儿庄现存水工设施完备、风貌遗存完整的古运河,被世界旅游组织誉为"活着的运河",台儿庄也被誉为"京杭运河仅存的遗产村庄"。在台儿庄内,各类风格迥异的古城墙、古码头、古民居、古庙宇星罗棋布,形成了独具特色的运河水城文化。

　　清代康熙、乾隆两位皇帝为了解地方吏治民情,曾现场勘查黄运水工,多次沿运河南巡,而台儿庄则为其必经之地。台儿庄虽然地处北方,但是鲁南河湖众多,碧波荡漾,与华北多风沙的景象不同,颇有几分江南风韵。康熙皇帝来到台儿庄,看到这里粉墙黛瓦、绿柳拂堤,人烟辐辏、商业繁华,不由得称赞其"风光与江南水乡别无二致"。经过数十年,等到康熙皇帝的孙子乾隆皇帝南巡的时候,台儿庄更加兴盛。台儿庄城经过整修,气象颇为雄壮。百姓安居乐业,来往的漕船和商船在台庄闸停泊休息,商人纷纷上岸,或买卖货物,或饮酒游玩。城中水巷纵横,当地百姓临水而居,以船代步,处处繁华。

　　乾隆皇帝对鲁南运河印象很深,也非常喜爱。他曾赋诗道:"韩庄水气罩楼台,雨后斜阳岸不开。人在长亭深处好,风帆一一眼中来。"记述了运河的优美景色。乾隆皇帝多次南巡,经过台儿庄,每次都要登临城楼扶栏远眺。在台儿庄城楼上,看到台儿庄城跨运河而建，运河如同一条玉带穿城而过，船只南北往来如梭，岸上人流如织，一片欢乐祥和的景象。乾隆皇帝心情大好，不由得赞叹道："别看这台儿庄只是一个村镇，但是南北的商旅都在这里聚集，百姓家家安居乐业，不愁吃喝，到处都是欢笑弦歌之声，真是甲于一邑啊！"随从侍臣看到乾隆皇帝兴致颇浓，赶忙呈上纸笔。他饱蘸浓墨，挥毫题下"天下第一庄"五个大字，此后台儿庄更是名声大噪，成为京杭大运河上一颗闪亮的明珠。

在近年来重建的台儿庄古城上，"天下第一庄"的牌匾熠熠生辉。这五个字不仅是对运河明珠台儿庄的精当概括，而且也是台儿庄的城市名片，吸引着国内外游客慕名而来。

3. 黄汝文修建天后宫

妈祖是一位扶危济困、救苦救难的海上女神，妈祖信仰寄托着广大劳动人民对美好生活的向往。千百年来，人们为了纪念妈祖处处立庙，祈求她的护佑。

自明代以来，台儿庄作为运河要冲，成为南来北往行旅驻足经商的要地。为了保佑行船安全，福建信众在台儿庄修建了天后宫。台儿庄天后宫最早建于雍正年间，由陈家祠堂改建而成。到乾隆年间，台儿庄古城更加兴盛，舟船聚集，大批闽商涌入。福建商人黄汝文对故乡的妈祖女神非常崇敬，经常和朋友们到天后宫祭拜。

黄汝文在古城顺河街经营茶食，经过辛勤努力，逐渐富裕起来。他觉得自己经商的成功离不开妈祖的保佑，就对朋友们说："咱们福建有这么多商人在台儿庄经商，现在的妈祖庙太小了。咱们还是要建造一座新的天后宫，更方便祭拜妈祖，让妈祖娘娘更好地保佑咱们。"福建商人们对黄汝文的提议非常热心。咸丰三年（1853），黄汝文带头集资，同乡商人纷纷解囊，扩建了天后宫。重修扩建的天后宫有大殿七间，分上下两层，供奉金身妈祖像。大门上方竖立"天后宫"三个金字，红墙青瓦，雕梁画栋，颇有闽南风格。大殿两边配有左右厢房各三间，兼做福建会馆。遗憾的是，抗日战争期间台儿庄战役的炮火摧毁了这座壮丽的天后宫，仅剩下东西厢房的残墙破壁，成为贫民、乞丐的蔽身之所。

伴随着台儿庄古城的重建，新建的天后宫重新矗立在了古运河北岸，台儿庄天后宫也成为闽商在运河流域经商、传播妈祖信仰的重要见证。

台儿庄天后宫（孔闻摄）

（二）水乡名人耀古今

1. 贾三近纂修《峄县志》

峄县为明清时期山东南部大县，今枣庄市市中区、峄城区、台儿庄区明清时期均在峄县县境之内。峄县在运河航运中的地位非常重要，通过纂修方志加以详细记述，成为峄县地方官员的分内职责。纂修志书既要有修志之心，也要有修志之才，《峄县志》的纂修就与大才子贾三近密不可分。

贾三近，字德修，山东峄县人，曾任光禄寺卿、都察院右佥都御史。他博学多闻，有学者考证，明代"四大奇书"之一《金瓶梅》的作者"兰陵笑笑生"有可能就是贾三近。贾三近对运河非常关注，并曾写过一首长诗《漕渠奏绩歌》，诗句"中流飞挽自来去，河洛千年同颂声"，生动记述了通航之后运河漕运繁忙、经济发达的繁荣景象，为我们留下了对明代运河的真实记述。

贾三近担任光禄寺卿后不久，就告假回到峄县老家。峄县知县王希曾早有纂修县志的打算，听说贾三近回乡居家，就主动登门说："就算是一家几口人，也要有收入支出的账簿，何况是峄县这样的大县？还请贾先生主持纂修县志。"贾三近本来就非常重视这项事业，他说："方志是一个地方的历史，记述往事，垂法将来，都离不开方志。"慨然应允。

此前峄县没有完整方志，贾三近修志时费尽心血，搜集了大量一手资料。他访问当地耆旧老者，认真查阅古今图籍。只要是有关峄县的，哪怕是片言只语，也精心记录下来。为了搜集资料，贾三近还到田野访碑，在残碑断碣间梳理峄县历史，记述峄县掌故。经过一年多的不懈努力，他终于搜集齐了修志资料。贾三近修志记述事实坚持言之有据，对不确定之处就阙而不论。他纂修的《峄县志》内容丰富，编排精审，大量内容为后世《峄县志》所沿用，在保留峄县地方历史和文化方面发挥了重要作用。

2. 独杆轿赞颂贤官

峄县独杆轿起源于枣庄市峄城区，分布在鲁南苏北运河两岸，是秧歌、竹马、狮子龙舞、高跷、花船等民间游艺活动中的一个艺术品种。在峄县民间舞蹈中，独杆轿具有鲜明的特色，这与乾隆年间峄县爱民知县张玉树密不可分。

张玉树先后担任峄县知县十年之久，他为政清廉，勤政爱民，政绩卓著，为老百姓做了许多好事，深得百姓爱戴，有"张青天"之称。有一次黄河决堤，大水横流，峄县百姓流离失所，这时漕船正好经过。张玉树说："漕粮是国家物资，但是峄县正在遭灾，百姓生活朝不保夕，我去争取留下漕粮，救助百姓要紧。"经过他的努力，峄县百姓终于得到了救命粮。洪水过后，张玉树还带领百姓一起修筑大堤。看着他不辞辛劳，带头挖土修堤，百姓都非常感动，感叹："张知县真是我们的当家人啊！"后来，峄县城内的文人、商人和民间艺人出于对张玉树的崇敬，排演了颂扬清官的独杆轿。独杆轿的主要道具是四米长的竹竿，由两名轿夫抬竿，"县官"坐在独杆上，手捧官印。清官轿后，另有四组杆轿跟随其后。每组均由两名轿夫用四米长的竹竿抬着一名"主角"或"配角"。"县官"扮相的主角为头排，"老太太"与"县官夫人"为第二排，"公子"与"小姐"为第三排，组合成一个箭头型的轿群。"县官"的轿前有二人各执一面旗牌，旗牌上分别写着"一身正气"与"两袖清风"，旗牌前有唢呐奏乐开道。

峄县独杆轿（胡锦瑜摄）

　　大年初一，群众队伍抬着独杆轿到县衙门给张玉树拜年，张玉树也率领全家给群众拜年。张玉树看到百姓生活稳定，高兴地说："大家劳作一年，能够吃饱饭，我才能心安啊！"他热情地端出糖果、花生、瓜子、茶水招待大家。独杆轿从此流传下来，地方官员"与民同乐"、集体大拜年的风俗从张玉树开始，也在峄县地区延续下来。

乾隆五十一年（1785），张玉树离开峄县，升任胶州知州。在他离任那天，送行的百姓成千上万，一直送到三里堂。临别时，峄县百姓赠给他一副对联："县官不廉，看我青山饮我水；小民无礼，拦君坐骑脱君靴。"百姓扒下张玉树的官靴，放在峄城南门展览，上写"贤侯遗履"四字，表达对张玉树的爱戴与眷恋之情。此后，清官独杆轿也代代传承下来，借真实的历史人物塑造清官形象、弘扬廉政文化，成为峄城区的"看家戏"。

3. 孔继荥悬壶济世

孔继荥，字甫函，号云湄，山东滕县人，为孔子第六十九代孙，是清代著名中医。他潜心钻研，医术精湛，长期在滕县、曲阜、济宁一带行医，在运河两岸有"灵仙"之名。

孔继荥早年读书应举，乾隆四十二年（1777）考中举人，后来多次应考不第。他在苦闷之中读到张仲景的《伤寒论》，很受启发，于是博览古今医书，医术日渐精湛。平日他家门前等候看病的人很多，有时能排半里长。孔继荥每次诊病都一一认真询问，从来没有丝毫草率。诊后或开汤剂，或加药面、药引，都很有疗效。他还把诊疗情况详细记录下来，编为《医鉴草》。在这部书中，他记述有一位七八岁的小患者肋下有一个积块，其他医生治疗不当，患者难以坐卧行走，痛苦异常。孔继笑详细询问病情，诊脉之后，就开始写医案。在场的其他医生说："现在病人病得厉害，您可以先写药方，医案稍后再慢慢写。"孔继笑严肃地说："治病要先诊病，怎么能鲁莽行事呢？"于是详细写下了患者脉象、胸腹、神色等表现，诊断病人为气血两亏之症，要先调理脾胃、消除腹胀，再培养正气，才能痊愈。他还详细记述了所开的各味中药，患者服药后顺利康复。

又一次，孔继笑为朱德春的女儿治病。患者肋下有个肿块，疼痛异常，且有发烧症状。朱德春多方求医，均不见效。孔继笑诊后，认为并非虚劳之症，而是外感之症。他按外感之症开了麻黄、附子、干姜等，患者煎服后很快就病愈了。孔继笑的医案详细记录了他诊病的过程与判断依据，是很有价值的中医诊疗文献。

在发生疫情的时候，孔继笑更是不遗余力地救治百姓。有一年夏天，时疫暴发，很多百姓病倒。孔继笑用大锅熬药，根据患者病情的轻重和特点，分别发给不同的药面作为引子，病人服药后都得以痊愈。

孔继笑为人耿直，不慕名利，一心以治病救人为念。他因病去世之后，入殓的棺材还是他原来治好的病人赠予的，其生活之清贫可见一斑。

4. 张莲芬兴办中兴煤矿

峄县煤矿资源丰富，自明代起就有当地百姓自发采煤。但是因为工艺水平低，采煤成本高，深层煤矿无法开采，煤矿资源没有得到有效利用。张莲芬目睹了峄县煤矿开采的落后状况，毅然担负起开办公司、开发煤矿的重任，在近代以来峄县煤矿开采史上发挥了重要作用。

张莲芬，字毓蓁，浙江省余杭人，曾先后担任山东兖沂曹济道兼运河道、山东盐运使，为山东峄县中兴煤矿的重要奠基者和创始人，曾担任中兴煤矿公司第一任总理。

张莲芬生活在国家内忧外患的晚清时期，这促使他关注西学知识，尤其对西方国家工矿业的发展怀有极大兴趣。他认为，列强国富兵强的根本原因在于工业发达，因此在青年时代就树立了实业救国的理念。光绪六年（1880），张莲芬接到山东东明候补知县戴华藻的信函。信中说："山东峄县煤田颇多，但开采工具和技术实在落后，加之捐税繁重，许多煤窑处于停产状态。还请您到峄县考察，举办新式煤矿，保护我国利权。"张莲芬被戴华藻的真诚和热情感动，怀揣着实业救国的梦想，于光绪八年（1882）来到峄县，投身煤炭事业，走上了兴办民族矿业、求富自强的道路。

经过细致考察，张莲芬感受到由于传统采煤技术落后、苛捐杂税繁重，国产煤炭往往竞争不过进口煤炭。光绪九年（1883），为了提高国产煤炭的竞争力，张莲芬上书北洋大臣李鸿章，请求减免捐税。不久，清政府批准了他的请求。伴随着煤矿经营条件的改善，中兴煤矿实现初步发展。可煤矿管理问题仍没有彻底解决，不久又出现了透水矿难。在煤矿事故等各种不利因素的影响下，中兴煤矿经营颇为艰难，于光绪二十二年（1896）停办。

峄县中兴煤矿

　　中日甲午战争之后，列强对山东的侵略变本加厉。光绪二十四年（1898），德国占领胶州湾之后，又逼迫清政府签订了《胶澳租界条约》和《山东煤矿章程》，将山东划入势力范围，并取得了山东境内的铁路修筑权及沿线三十公里内的矿山开采权。张莲芬得知这个消息后，不由得焦急万分。他深知中兴矿局所在的枣庄煤田位于津浦铁路沿线三十公里以内，而且枣庄煤炭煤质优良，洋人觊觎已久，保护煤田利权刻不容缓。他说："现在时局动荡，国家艰难，外人窥视我国财富。现在各省都在兴办实业，凡是有可开发的矿产，都纷纷奏明兴办。峄县的煤炭质量这么好，怎么能因为资金不足而不加开采呢？"为筹措资金，他积极动员当地富绅出资入股："众位乡绅都是咱们枣庄的有识之士。现今国难当头，德国人对咱们枣庄煤田存有不良之心，咱们一定要团结起来，共同建设中兴煤矿！"大家真切地感受到列强侵略的危险，同时也被张莲芬的话深深打动。光绪二十五年（1899），中兴煤矿公司正式成立。在张莲芬的不懈努力下，中兴煤矿全面开工生产运行。到光绪三十二年（1906），中兴煤矿已经拥有煤井 26 座、抽水机 8 台、矿地 2806 亩、运煤船 15 艘，每天可生产煤炭 300 余吨，总资产达 70 余万元。此外，中兴公司还沿着京杭大运河（济宁至镇江段）设立分销厂 8 处。光绪三十三年（1907），中兴煤矿产煤 10 余万吨，盈利 14 万元，股本金增加到 100 余万元，进入蓬勃发展时期。

宣统元年（1909），中兴公司奏请清政府农工商部，更名为"商办山东峄县中兴煤矿股份有限公司"，张莲芬担任总理。1915 年，张莲芬积劳成疾，因病去世。他服务中兴煤矿前后三十五年，将中兴煤矿建设成为近代中国三大煤矿之一，充分体现了立志民族矿业的爱国精神。在以张莲芬为代表的枣庄工商业人士的带领下，枣庄煤矿开采业得到快速发展，为枣庄近代以来的工业发展打下了坚实的基础。

5. 张莲芬筹建台枣铁路

张莲芬经营的中兴煤矿逐渐步入正轨，随着煤炭产量的增加和与"洋煤"的竞争，煤炭运输成为中兴煤矿公司发展的一大瓶颈。早在中兴煤矿公司创办之初，张莲芬就已经意识到煤炭运输的问题。他认为台儿庄是运河的重要枢纽，煤炭一旦运到台儿庄，就能通过运河顺利运往南方，问题在于枣庄至台儿庄段的运输上。他向清政府呈报了修建铁路的想法："枣庄的煤炭要经过九十里陆路，才能抵达台儿庄运河。从前运煤要靠畜拉、驴驮、人挑，费用高，运量又小。现在煤矿产量大增，每天产煤在千吨以上，必须从枣庄煤矿建造直达台儿庄的铁路，运至台儿庄后就能全由运河码头运销。"他的意见得到了清政府的重视与认可。

修建铁路，资金是关键。光绪三十二年（1906），张莲芬给中兴公司股东写信："从煤矿到台儿庄的铁路一日不通，就一日不能建设大矿井，也就不能与外人抗衡争利。希望各位股东或认添新股，或转代召集，尽快集资，以便尽快开工。"各股东积极响应，先后筹集白银四十余万两。此外，张莲芬主持的中兴公司还制定了《山东峄县华德中兴煤矿有限公司暂行新添新股章程》，也为筹资发挥了很大作用。光绪三十三年（1907），在张莲芬的努力下，筹措资金 183.59 万元。光绪三十四年（1908），修建台枣铁路的钢轨等物料运抵镇江，此后各类设备、材料陆续辗转北运，全长约四十五公里、连接台儿庄和枣庄的台枣铁路工程正式进入施工阶段。

张莲芬对工程设备和施工质量非常关注，专门设立了台枣铁路工程处，对工程进行监督。到 1912 年 1 月，台枣铁路全线通车，设有台儿庄、泥沟、峄县、枣庄四个车站。台枣铁路的质量相当好,当时被认为与德国人修造的胶济铁路不相上下,在国内外影响很大。这条铁路的通车,大大加快了中兴公司煤炭外运的速度。台枣铁路是山东省第一条也是最长的一条"商办"铁路,其修建是中国铁路史上的一个创举。

在台枣铁路开工后,张莲芬又积极争取修筑与津浦线接轨的枣临铁路。他又购置了十六艘轮船,利用运河航运,将中兴煤矿生产的煤炭运销到大江南北。这样一来,近代枣庄北通京埠,南至沪杭,西连邻省,东达海港,客货运输非常方便,成为四通八达的交通重镇。

6. 卜端品精心钻研柳琴戏

柳琴戏曲调流畅活泼、节奏明快,并有多种花腔,是枣庄地区著名的地方戏曲。这种民间戏曲以鲁南民间小调"拉魂腔"为基础,以柳琴作为主奏乐器,因此定名为"柳琴戏"。柳琴戏唱腔由基本腔、色彩腔、民歌小调三个部分组成,或温和缠绵,或明快刚劲,具有鲜明的山东地域特色。

在柳琴戏的发展历程中,卜端品发挥了重要作用。他是滕县张汪乡人,生于光绪二十四年(1898),艺名"卜二迷"。卜端品十七岁时,拜艺人袁玉美为师,学习演唱,专工丑行。从二十三岁起,他就带领卜家班,在鲁南、苏北走乡串会,开场演出。卜家班初建时仅有三五个人,他们以礼帽、长衫为剧装,背着柳琴上台表演,演唱一些小型剧目。后来,卜端品的才艺和人品得到越来越多人的认可,影响也越来越大。他说:"咱们唱戏不能闭门造车，要搭班子，多聚人气，互相学习，大家才能爱看、爱听。"在他的努力下，卜家班逐渐发展到三四十人，大家潜心钻研演唱技艺，为柳琴戏的传播与发展做出了很大贡献。现在的滕州市柳琴剧团就是由卜家班改建而成的。

枣庄柳琴戏（孔闯摄）

卜端品聪颖好学，嗓音圆润洪亮，吐字清晰流利，表演生动诙谐，深受观众喜爱。他吃透"拉魂腔"的唱腔唱法，充分挖掘柳琴戏淳朴自然的民间特色，立足自己的丑行角色，创造了"鸭了丑"这一柳琴戏独特演技，深受观众喜爱。此外，卜端品还积极创新剧目。他演出的《拦马》与京剧《挡马》情节基本相同，但是更注重吸收民间文学的养分，尤其注重说唱，具有浓郁的鲁南地方生活特色。其中"翻大殿"唱段达三百六十句，他唱念交融，由轻到重，由慢到快，赶板夺字，一气呵成，达到了很高的水平。他又和相瑞先、钟文银等艺人合作，互相切磋，在唱腔上逐渐形成了北路柳琴，对柳琴戏的形成发展发挥了重要作用。卜端品演技出众，深受百姓喜爱。当时有俗语说："卜端品腿上栓铃铛，走到东庄响西庄""卜二迷腿上栓铃铛，走到哪里哪里响。一庄演戏四庄看，赶集串会唱满场"。百姓戏看多了，总结出戏曲谚语"金妮（刘家祥）、银妮（石印喜）、卜（不）拉门"。这里的卜拉门即指卜端品，是说一碰到卜端品登台，万人空巷，家家户户一门不落，都闭门锁户去看戏。卜端品演戏的受欢迎程度可见一斑。

中华人民共和国成立后，卜端品饱含热情地投入人民当家做主的新生活中。1956年，滕县柳琴剧团成立，他担任剧团团长。同年，他参加山东省戏曲观摩演出大会，展演代表剧目《打干棒》，荣获老艺人奖。

7. 吴秀峰传授吴氏八极拳

吴氏八极拳在枣庄扎根壮大，已有百余年的历史。这一拳法发源于河北沧州孟村镇（今孟村回族自治县），那里有很多人精通八极拳。吴秀峰的父亲吴会清是八极拳第五代传人。吴秀峰受家庭环境的熏染，自幼喜爱武术，不怕吃苦，专心练习，长进很快。1926年，年仅十八岁的吴秀峰就开始在本县宋庄子、姜官屯村设场，授徒教拳，成为远近闻名的吴氏八极拳第六代传人。

沧州八极拳和枣庄渊源很深。早在清朝末年，河北沧州孟村镇的李凤来先生就将吴氏八极拳传入枣庄。当时，他来枣庄勘探煤矿，为防止土匪抢煤，就将八极拳传授给当地百姓，并成立矿警局。1931年左右，孟村武术名家李广菊、韩化臣先后被聘至枣庄中兴公司设场教拳。枣庄的年轻人非常喜欢八极拳，学拳劲头很足，给李广菊、韩化臣留下了很深的印象。他们和吴秀峰非常熟悉，深知吴秀峰拳术精深，为了提高拳术，曾主动邀请吴秀峰来枣庄传艺。

当时吴秀峰已经离开家乡，走遍大江南北与武林高人切磋武功，并弘扬八极拳法。他还曾在江西被红军部队聘为武术教员，指导红军战士学习八极拳法。后来，因为战况紧张，红军部队开拔，他才再次踏上武学寻访之路。受到李广菊等人的邀请后，吴秀峰爽快地答应下来。他的到来，对枣庄八极拳的发展起到了关键作用。

吴秀峰来到枣庄，习武的小伙子们看他年纪并不大，起初没太把他当回事。吴秀峰看出了大家的心思，说："我初来乍到，先练趟拳，和大家切磋一下。"随后快步上场，干净利落地练了一趟八极拳。小伙子们都是练拳出身，一下就被吴秀峰精湛的拳技折服了，心甘情愿地拜到吴秀峰门下练习八极拳。李广菊、韩化臣等人也说："吴师傅，您是八极拳的传人。大家是真心佩服您，还请您多多指点！"吴秀峰也被大家的真诚深深感动，一招一式都反复示范、细心讲解，倾其所有，毫无保留地传授八极拳法的套路和要领。当时不少徒弟年龄都比吴秀峰大，有的已经入了其他门派，带艺拜师的就有五十多人。电影《铁道游击队》里王强的原型王志胜、八路军游击队战士陈永吉、"八极王"王长典等人，都是他的徒弟。

在吴秀峰的精心教授下，枣庄吴氏八极拳影响越来越大，学拳的人也越来越多，枣庄成为吴氏八极拳的第二故乡。

（三）运河胜迹传佳话

1. 许池碧波忆荀卿

枣庄市峄城区位于枣庄市南部，在明清时期，大部分属于峄县辖地。自夏朝在此建立鄫国后的四千多年里，峄城区一直为州县治所，是山东七十四个千年古县之一。《史记》记述："春申君以荀况为兰陵令"。当时兰陵县已纳入楚国版图。据考证，兰陵县治在今峄城城区东三十公里之苍山县兰陵镇，兰陵县也是峄县历史上设置最早的一个县，这也从一个侧面显示了峄县的悠久历史。

在清代光绪三十年（1904）王宝田主持纂修的《峄县志》中，刻有"峄县八景"线描画。其中一幅为"许池绿波"。"许池绿波"源出峄城区的许池泉，相传因尧帝时许由曾隐居于此而得名。许池由珍珠泉、玉珠泉等泉水汇聚而成，碧波荡漾，成群的水鸟嬉戏于湖中。在许池四周，建有神龙庙、关帝庙、大佛殿等建筑群，掩映在苍松绿树之间，而尤以峄县县令张玉树于乾隆四十七年（1782）修建的荀卿祠最为著名。他还专门创作了《荀卿祠记》，称荀卿曾经担任兰陵令，而峄县又为古兰陵之地。认为荀卿在诸子之中非常突出，他提倡"述礼""劝学"，影响很大，值得后人纪念。并详细记述了荀卿与峄县的特殊缘分。

峄县许池（王家田摄）

荀卿名况，战国时期赵国人。他是继孔孟之后最著名的儒学大师，也是伟大的思想家和教育家。荀卿曾到过很多地方，后来游历到峄县，看到这一汪绿水如同碧玉一样温润平和，不禁感叹道："有修养的人都用美玉来象征德行。这潭水不就象征着美好的品格吗？"他躺在池边，只见树林茂密，白云倒映在水面上，使他留恋不忍离去。最终打定主意，在这里定居下来。

楚国的相国春申君是一位好游士、重门客的翩翩公子。他早就听说荀卿很有才华，遂对他委以重任："先生的才干闻名列国，还是烦劳先生治理兰陵，让百姓安居乐业吧！"荀卿深感春申君的厚谊，兢兢业业处理政务，造福百姓，先后担任兰陵令十八年之久。后来，春申君去世，荀卿失去了知音，非常悲伤，不久就被免去官职。但他早把这里当作自己的第二故乡，已经离不开这块土地。他说："我虽然不能为官一方，但是百姓对我实在太好了。"因此决定在这里定居下来，孜孜不倦地著书立说、教书育人，韩非、李斯等著名政治家都出自他门下。

许池边的荀卿祠记录了峄县百姓对荀子的敬仰，荀子与峄县结下了深深的缘分，也为峄县这座名城留下了一段佳话。

2. 黄肃诗赞荆泉

荆泉在滕州城东北十五里的荆沟村。在荆泉附近，还有趵突泉、五花泉、大沸泉、小沸泉等泉源，其中尤其以荆水、趵突最为有名，有"亘古名泉，趵突跳珠"之誉，而"趵突跳珠"也成为滕州八大景观之一。

黄肃，字敬夫，成化十四年（1478）进士，曾担任新郑知县。弘治元年（1488），任工部主事，奉命管理山东泉源。他深知山东泉水直接关系漕运畅通，便不辞辛劳地实地考察，详细了解泉源分布情况。弘治四年（1491），黄肃来到滕县，匆匆休息一晚，第二天一早就只身匹马出城，探访荆泉。黄肃快马加鞭，向城东北的荆沟奔去，正在匆忙赶路，忽然隐隐听到流水奔涌的轰鸣声。黄肃一听就知道这是泉声，不由得欣喜异常。顺着水声前行，不一会儿，就看到了喷涌而出的荆泉。荆泉水势极旺，喷出的水柱有一尺多高，声如雷鸣。黄肃身负疏浚泉源、保障漕运的重任，看到水势这样畅旺的荆泉，不由得大喜过望。他翻身下马，快步走到泉边勘探水势，深感此行收获巨大，不由得诗兴大发，即兴作诗纪念。他写荆泉"南北怒涛如趵突，高低声吼似雷鸣"，可见荆泉涌流之旺、气势之盛。他又写道："味涵曲蘖冰壶泻，光沏琼瑶雪窦倾。"他忍不住掬起泉水，一饮而尽，感到这泉水清冽醇美，欣喜之情溢于言表。他赞叹荆泉景色之美，但更看重的是荆泉水源充足，可以补给运河。所以在诗中，他最后写道："从此疏源流不尽，万年国计赖泠泠。"要是用心疏浚荆泉，将泉水引入运河，就能保证漕运畅通，实在是关系国计民生的大事。后来，黄肃又将此诗刻于石碑之上，立于荆泉北侧，为"趵突跳珠"的胜景增添了几分光彩。

3. 韩宗孔建百寿坊

滕州百寿坊（张波摄）

在滕州市滨湖镇的凤凰山之阳，正对着微山湖红荷景区大门的韩楼村内，有一座雕刻精美、巍峨耸立的清代石牌坊，那就是著名的百寿坊。它经历数百年风雨的侵蚀和历次战乱的炮火，依然矗立在村中。那严丝合缝的青石榫口、精雕细琢的雕刻技艺，无不让游览者由衷赞叹，成为枣庄运河区域重要的文物古迹。

牌坊集建筑、雕刻、书法、楹联等艺术形式于一体，具有鲜明的中国传统文化特色。山东是著名的礼仪之邦，注重孝道、家庭和睦是山东人民的优良传统，韩楼村就是一个注重传统文化的村落。韩家在村里并不算富裕，但是很注重培养家风。韩应祥教导儿子韩宗孔要学习上进、与人为善。韩宗孔自幼喜好读书，有一次却不想去上学。韩应祥问："孩子，你平时读书很带劲，怎么忽然不想上学了？是学校的伙伴欺侮你，还是老师要求严呀？"韩宗孔支吾了半天才说："我想读书，可家里供我读书已经很费劲了，我又不能帮家里放牛种地，心里实在过意不去。"韩应祥说："读书上进才是正理，其他的不用操心。只要好好读书，好好做人，就对得起家里了。"在父亲的悉心教诲下，韩宗孔认真读书，终于学有所成。到了乾隆年间，韩应祥担任山西德平县教谕，注重教育人才，在任上颇受爱戴。看到韩宗孔有了出息，能为百姓做事，韩应祥很欣慰，家里和和睦睦，远近的村子都夸韩家家风好。

乾隆十八年（1753），韩宗孔的父亲韩应祥整整一百岁了，远近亲友都来祝贺。看到父亲长寿康健，韩宗孔非常高兴。他对父亲说："您年满百岁，这是全家的福气。没有您的教诲，就没有家庭的美满！"当时朝廷推崇孝道，韩氏全家和睦，父亲高寿百岁，也是国家的祥瑞之气。因此，韩宗孔就请上司上奏皇帝，恳求褒奖。乾隆皇帝得奏后也非常高兴，很快颁旨赐建百寿石坊。

百寿坊高两丈许，用麻青石雕刻而成，为歇山式挑檐风格。整个牌坊布局合理、结构严密，全凭榫楔咬合，没有一处灰补痕迹。石坊玲珑剔透，古朴庄严。石坊正面的"圣旨"下，横梁楷书"升平人瑞"，"升平"寓政通人和、盛世太平之意，"人瑞"是指人健康、长寿超过百岁。这座百寿石坊是乾隆皇帝对百岁老人韩应祥的褒奖，展示了当地治石工匠精湛的雕刻技术，现已被列为山东省文物保护单位。

乌鸦知义反哺，羔羊报恩跪乳，中国人历来提倡"以德为先""百善孝为先"。据村民讲，这座百寿坊能够闯过战乱，历经百年沧桑，离不开村民的重视和敬仰。

4. 官乃民创建济生医院

官乃民，字天爵，世居台儿庄。他家世殷实，早年读书应举。科举废止后，曾在峄县瑞门德医院学习西医。通过深入学习，他认识到西医的优点，同时也对瑞门德医院外国医生对中国人的粗暴无礼感到非常愤慨。于是，他与台儿庄士绅赵鹏霄筹划，于1917年在台儿庄镇内的三官庙创办了济生医院。这是台儿庄首家西医医院，由官乃民亲自担任医院主任。为办好济生医院，他丝毫不谋求私利，没有购置一分土地，也没有积蓄一点钱财。他说："行医就是要落得两袖清风。"显示出其高尚的品格。

台儿庄为南北商民往来的交通要道，商贾聚集，人口众多，百姓的医疗需求很大。为了壮大医院，他专门在外地聘请西医医师，并亲自负责内外科各类病症的治疗。尤为难能可贵的是，官乃民创办的这所济生医院为慈善性质。他说："来咱们医院的好多都是穷苦人，生活很不容易，咱们得多多替他们着想。"在他的带领下，济生医院暗中周济贫苦病人，尽量少收医药费，让百姓得到实惠。济生医院设有妇产科，推行新法接生，科学处理难产，还免费种植牛痘，使台儿庄方圆数十里的百姓得到了有效的治疗，解除了病人的痛苦，对于保护人民生命健康发挥了重要作用。

为了办好医院，官乃民非常重视学习医学知识。他对医院同事说："治病行医是人命关天的大事，来不得半点马虎。只有医术精湛，才能救死扶伤。"他搜集了大量英、美、日、苏等国的医学著作，涉及解剖、生理、病理、内外科、妇产科、眼科、传染病、药学等多个方面，在治疗脓肿、传染病等方面积累了丰富的经验。特别是在遇到休克、出血等紧急情况时，官乃民都能镇定地妥善处理，最大限度地挽救患者生命。

1925年到1928年，台儿庄成为军阀混战的战场，官乃生依托济生医院组织了红十字会，收容、治疗受伤人员。1938年，日军进犯台儿庄，济生医院被炸毁。但是此后，官乃民并没有放弃医疗事业，他将医院迁到江苏省邳县官湖镇继续行医，解除百姓病痛。

参考文献

[1] 〔清〕王道亨修，〔清〕张庆源纂：《乾隆德州志》，清乾隆五十三年刻本。

[2] 〔清〕王培荀著，蒲泽校点：《乡园忆旧录》，齐鲁书社1993年版。

[3] 〔清〕田雯著：《古欢堂集》，广陵书社1995年版。

[4] 〔清〕卢见曾撰：《雅雨堂集》，清道光二十年德州卢枢清雅堂刻本。

[5] 〔清〕孙星衍著：《孙渊如先生全集》，商务印书馆1935年版。

[6] 〔清〕蒲松龄著：《聊斋志异》，长江文艺出版社2013年版。

[7] 〔清〕田显吉修，〔清〕褚光镆纂：康熙《峄县志》，清康熙二十四年刻本。

[8] 〔清〕嵩山修，〔清〕谢香开纂：嘉庆《东昌府志》，清嘉庆十三年刻本。

[9] 〔清〕王政修，〔清〕王庸立、黄来麟纂：道光《

滕县志》，清道光二十六年刻本。

[10] 〔清〕徐宗幹修，〔清〕许瀚纂：道光《济宁直隶州志》，清咸丰九年刻本。

[11] 〔清〕刘鹗著：《老残游记》，古吴轩出版社2020年版。

[12] 〔清〕左宜似修，〔清〕卢崟纂：光绪《东平州志》，清光绪七年刻本。

[13] 〔清〕王振录，〔清〕周凤鸣修，〔清〕王宝田纂：光绪《峄县志》，清光绪三十年刻本。

[14] 德州地区地方史志编纂委员会办公室编：《德州风物志》，山东人民出版社1987年版。

[15] 齐保柱、高志超主编：《聊城风物》，山东友谊书社1989年版。

[16] 胡小林、张厚杭、徐玲主编：《枣庄历史与名人》，黄河出版社1996年版。

[17] 山东省济宁市政协文史资料委员会编：《济宁运河文化》，中国文史出版社2000年版。

[18] 高建军编著：《山东运河民俗》，济南出版社2006年版。

后 记

　　《丛书》的编纂，是在山东省委宣传部直接领导下完成的。省委常委、宣传部部长白玉刚同志统筹策划部署，并担任编委会主任，多次主持召开编委会会议，提出明确目标要求和指导意见。省委宣传部分管日常工作的副部长、省文明办主任、省新闻办主任袭艳春同志对本书的立项出版、风格设计等方面提出了许多宝贵意见。在魏长民、毕司东、程守田、张同海、冷兴邦等同志的大力指导支持下，以教育部人文社科重点研究基地山东师范大学齐鲁文化研究院为学术挂靠单位，组建了《丛书》编纂学术委员会，具体负责编纂工作。山东师范大学特聘资深教授王志民任主任，山东大学儒学高等研究院教授杨朝明、中共山东省委党史研究院原一级巡视员韩延明、鲁东大学原副校长刘焕阳任副主任，全省相关高校、科研单位的 15 名学者为委员。

　　编纂过程中，《丛书》被列为山东省社科规划 3 个重大委托项目和 16 个一般项目。杨朝明为传统文化重大项目组首席专家，韩延明为红色文化重大项目组首席专家，刘焕阳为河海文化重大项目组首席专家。编委会经反复研讨，制定了《编撰体例》《编撰指导意见》；在省委宣传部支持下，采取主任统一领导与首席专家具体负责相结合的方式，认真落实各卷主编为质量第一责任人、首席专家和学术委员为主要质量把关人的运作机制；多次召开线上与线下、全体与分组相结合的研讨会，对提纲设计、样稿研讨、通稿审稿等关键环节，深入研讨、反复审议，编委会与全体编纂人员团结合作、齐心协力，付出了艰辛劳动。山东文艺出版社提前介入，对编纂工作和撰稿体例等提出了许多宝贵意见。在此，我们谨向为《丛书》编纂付出心血的各位领导、专家、作者和所有相关同志们表示诚挚感谢！

本册编纂，得到首席专家刘焕阳教授和学术委员王振星教授、吴欣教授、仝晰纲教授、马树华教授、李兆禄教授的悉心指导，并得到聊城市委宣传部的大力支持。聊城大学丁延峰教授担任主编，全面负责本册的编纂工作。具体撰稿分工如下：第一部分"九达天衢——德州"、第三部分"河湖名城——东平"由胡梦飞撰写；第二部分"江北水城——聊城"、第五部分"鲁南水乡——枣庄"由周广骞撰写；第四部分"运河之都——济宁"由朱年志撰写。

由于水平和条件所限，不安之处在所难免，欢迎有关专家和广大读者批评指正。

编者

2023 年 8 月